開高健の本棚

D-ZONE
FEB. 14. 1965
YEA THOUGH I WALK
THROUGH THE VALLEY
OF THE SHADOW OF
DEATH I WILL FEAR NO
EVIL FOR I AM THE
EVILEST SON OF A
IN THE

I　開高健の蔵書から

II 本と読書

III 開高健が作ったもの

I
開高健の蔵書から

1958年2月の芥川賞受賞直後、杉並区向町の壽屋社宅 書斎にて。

モーツァルトの創作の世界 ポール・ヘンリー・ラング編 国安洋・吉田泰輔 共訳 2
フーシェ革命暦 I 辻邦生
フーシェ革命暦 II 辻邦生
戦う北欧 武田龍夫 高木書房
失われた都市を求めて I デエナ&ジンジャー・ラム 黒沼健訳
失われた都市を求めて II デエナ&ジンジャー・ラム 黒沼健訳 新潮社
追放された予言者・トロツキー
現代フランス幻想小説
ルドヴィコ・イル・モーロ マリアーナ・フリジェーニ 千種堅訳
狂王ルートヴィヒ 夢の王国の黄昏 ジャン・デ・カール 三保元訳
青髯ジル・ド・レー
わが魂を聖地に埋めよ 上巻 ディー・ブラウン 鈴木主税訳 草思社
わが魂を聖地に埋めよ 下巻 ディー・ブラウン 鈴木主税訳 草思社
イヴァン雷帝
気違い部落周游紀行
インカ最後の都 ヒルカバンバ
メキシコのマリンチェ 飯島正 晶文社
コルテス征略誌 モーリス・コリス 金森誠也訳 大陸書房
奥アマゾン探検記(下) 中公新書
奥アマゾン探検記(上) 中公新書
大アマゾン探検誌 W・ブライス著 大陸書房
デサナ アマゾンの性と宗教のシンボリズム R・ドルマトフ著 寺田和夫 友枝啓泰 訳 岩波書店
ワシプンゴ ホルヘ・イカサ著 伊藤武好訳 朝日新聞社
ブラジルの政治 斉藤広志著
泉靖一著作集 3 ラテン・アメリカの民族と文化 読売新聞社
幻のアステカ王国
ラテンアメリカ NHK特派員 高野悠
インカ黄金帝国
アマゾンの女たち インディオたちの愛と生活と思想 鈴木一郎
アマゾネス号の冒険 大アマゾン下り6500キロ 橋本倍元
レヴィ・ストロース 悲しき熱帯 上 川田順造訳
魅惑の大陸 ラテン・アメリカの旅 野中英二
最後の大アマゾン ブライアン・ブランストン 田村協子訳

プラハの春 モスクワの冬
藤村信著
トインビー
歴史の教訓
アフリカの内幕 I
ジョン・ガンサー
HAIG-BROWN
A River Never Sleeps
sri lanka
Insight Guides
15
生命潮流
ライアル・ワトソン
大陸の野生動物
哺乳類
山岸宏訳
アフリカ
最後のフロンティア
THE SOUTH AMERICAN HANDBOOK
1977
Edited by John Brooks
鳥と人間
鳥たちをめぐる冒険
ダーウィンを超えて
今西進化論講義
今西錦司 吉本隆明
伝奇集
悪党列伝
ホルヘ・ルイス・ボルヘス
中村健二訳
ボルヘス怪奇譚集
ボルヘス、オラル
ボルヘス
ボルヘスとわたし
牛島信明訳
新潮社
天国・地獄百科
ねむれ巴里
西ひがし
チェーホフ全集
紀元前のアメリカ
古代アメリカの移住者たち
東方綺譚
モンゴル帝国と西洋
佐口透
好太王碑
四、五世紀の東アジアと日本
東方書店
チベットわが祖国
ダライ・ラマ自叙伝

背教者ユリアヌス
ルネサンスの歴史 上
ルネサンスの歴史 下
ボルジア家
ルクレツィア・ボルジア
サヴォナローラ
カトリーヌ・ド・メディシス
女帝エカテリーナ
ポンパドゥール夫人
アレクサンドル一世
イヴァン雷帝
大帝ピョートル
ピョートル大帝 上
ピョートル大帝 下
レオナルド・ダ・ヴィンチ 上
レオナルド・ダ・ヴィンチ 下
ドストエフスキー伝
ゴーゴリ伝
バルザック
ナポレオン戦線従軍記
楽しみと日々
十月の春
グレアム・グリーン全集
ヘミングウェイ釣文学全集 下巻
ヘミングウェイ釣文学全集 上巻
45 short stories from THE NEW YORKER
38 short stories from THE NEW YORKER
35 short stories from THE NEW YORKER
ジョージ・オーウェル 下
ジョージ・オーウェル 上
パリ・ロンドンどん底生活
空気を求めて
葉蘭をそよがせよ
ビルマの日々
来訪者
日よけ帽とピンクのタイツ
落葉
百年の孤独
都会と犬ども
緑の家
二つのベトナム
ベトナム報道1300日
テト攻勢
ベトナムの詩と歴史
ベトコン・メモワール
ソンミ
アジアの黒い影
ビアフラ潜入記
ベトナム戦争は忘れていいのか
戦争は地獄だ
ベトナム秘密報告
ベトナム秘密報告
片道の青春
Les Ténèbres d'un été
INTO A BLACK SUN
煉獄のなかで
或る戦後 上
或る戦後 下
ドストエフスキー伝
現代北欧文学18人集
現代ロシア幻想小説
現代ドイツ幻想小説
現代東欧幻想小説
現代フランス幻想小説
西部旅行綺談
ヴェルサイユの落日
ジョージア・ボーイ
アメリカ短篇24
イギリス短篇24
フランス短篇24
ドイツ短篇24
フランス幻想文学傑作選
ひとつのポケットから出た話
ファーブルの昆虫記 上
ファーブルの昆虫記 下
見込みない種子
時計じかけのオレンジ
その瞳は太陽に似ず
戦慄
自由への道
弁証法的理性批判
存在と無
哲学論文集
聖ジュネ
シチュアシオン
現代フランス思想
人間最後の言葉
祝祭と狂乱の日々 1920年代パリ
知識人とマルキシズム

書物は精神の糧《かて》である。誰もが軽く口にするこの句は重く切に事実であり、詩である。食べてみなければ好悪はわからないし、きめようもない。精神の美食家になり、大食家になること。一念発起。そこからである。
すべては。

「答えられぬ問い」より抜粋（以下抜粋には＊を付けた）
『オールウェイズ〈上〉』（角川書店　１９９０）

乱読、また乱読

私は昭和五年の十二月三十日に大阪の上本町五丁目で生れ、小学三年生までそこで暮した。現在このあたりは、ことに高津神社の周辺は御同伴ホテルが満開で、うっかり、あのあたりで生れたのだと口にだせないようなありさまと化しているが、その頃はひっそりと静かな寺町であった。西鶴の墓のある寺も遠くではなかった。お寺の墓石は苔《こけ》に蔽《おお》われ、イチジクやビワの木のしたには深くて気味のわるい陰暗がいつもよどみ、大きなヒキガエルが金いろの眼を光らせていた。よどんだ古池のうえをたけだけしいオニヤンマが黒と黄を光らせてゆっくりと飛び、お化けや人魂があちらこちらに棲《す》みついていた。

私は病弱で本好きだがおどけて人を笑わせることが好きな子だったから、いちばん得意だしたのしかったのは紙芝居の真似をすることだった。紙芝居屋は自転車でやってきて、紙芝居をし、酢コンブや、飴《あめ》や、スルメを子供に売って帰っていくのだが、それが衛生にわるくてバイキンだらけだといって両親は私に駄菓子も買わせず紙芝居を見ることを禁じた。それにおびえ、紙芝居屋のおじさんのこわい眼におびえながらみんなにまじってこっそり盗み見するのはわくわくするようなことだった。家に帰ると画用紙に黄金バットやノラクロの画を描き、ガラス障子のこちらに母や叔母や妹をすわらせておいて、自分はあちらにまわって、おしゃべり、口真似、声色《こわいろ》を使って思いつくままストーリーを話した。そして、きっとさいごには、「また明日はどうなることでありましょうか、それは明日のおたのしみ」というのだった。

大阪の南郊に引越してそこから中学校にかようこととなったが、教室にきちんとかよって、体操をして、カレーライスを食べて、勉強をしたのは、一年生のときだけで、それからあと、三年生の夏に敗戦となるまでは、勤労動員でめちゃくちゃにこき使われた。おとなにまじって防空壕《ごう》掘り、貯水池作り、操車場の突放し作業、山中の横穴壕作り、そのほか、じつによくはたらかされた。私は手や足を使う仕事が好きだったので仲間が口にするほどイヤではなかったが、ただ、空腹がどうにもこうにもつらかった。このつらさは骨にしみた。敗戦後もまた苦しめられることになるのだが、空腹も〝飢え〟といいたい状態になると、全身が燃えるように熱くなったり、いてもたってもいられずにころげまわったり、ふいに悪寒《おかん》がぞくぞくと波だってかけぬけたりする。クヌート・ハムスンの『餓え』を読むと、もっともっと底なしの凄《すご》さがあるらしいので茫然《ぼうぜん》となったことをおぼえているが、その本を持っていられないくらい手がふるえた。

空腹、空襲、重労働、買出しと、本など読んでいるひまがないはずだが、この頃、手あたり次第の乱読で日も夜もなかった。あらゆる家庭が疎開でがらんどうになるが、本は残されるので、書店はガラガラなのに、明治、大正、昭和の三代にかけての小説、詩、戯曲、翻訳、雑誌、単行本、全集、さては秘密出版の春本まで、読もうと思えば何でもあった。かたっぱしから読んでいき、読んで読んで読みつづけた。そして新潮社の世界文学全集のバルビュス『地獄』は何十回読んでも鮮烈、痛切であった。書棚においてある本の背文字を見ただけでも勃起《ぼっき》してくるのである。豆八分に米二分というようなのを一食に茶碗にたった一杯しか食べられないありさまだのに一日に四回も五回もつづけざまに射精する。眼がくらみ、足がふるえてくる。あまり消耗がはげしいので日曜日にひまで家にいるときは空恐ろしくさえなってきた。それでもついつい指をのばさずにはいられなかった。

いつか吉行淳之介氏とこの本のことを話しあったら、ことごとく回想が質において一致してしまった。氏は笑いながら

「あれには膏血《こうけつ》をしぼられたなあ」

とつくづくという口調でつぶやいた。

爛熟《らんじゅく》しきった西欧の文学作品に首まで浸ってゆさぶられるままに私はゆさぶられつづけていたのだが、そして、日本が戦争に勝てるなどとは頭から信じていないのに、同時に、もし命令が下されたらナチスの少年親衛隊のように地雷を抱いてパットン戦車のキャタピラのしたへとびこんで玉砕しようと思いつめてもいた。むしろその機会があたえられないのをくやしいとさえ思っていた。

やがて焼跡と闇市がくるが、私はパン焼工や旋盤見習工をし、学校にいかないで町工場から町工場へ転々として歩いた。そして乱読、また乱読を、ひたすらつづけた。大山定一訳『マルテの手記』、堀口大學訳『沖の小娘』、杉捷夫訳『テレェズ・デケイルゥ』、白井浩司訳『嘔吐』などは茫然となるしかない諸作であった。『嘔吐』はそれから二十何年間か、版や紙質がかわるたびに読みかえし、新しく買い、読みなおした。戦前の作家では私は中島敦や梶井基次郎などが好きだったのだが、戦後の作家では大岡昇平氏と武田泰淳氏をとりわけ愛読した。この頃の読書は飢えに出会ったり、人に殴られたりするのとおなじような、ほとんど肉体的といってよいような経験であった。活字が肉や脂《あぶら》をつらぬいて骨に食いこみ、ひびいてくるのだった。頁を繰ったとたんにとつぜん紙のなかに白い窓がひらくようであったり、読んでいるさなかに

紙から活字がむくむく起きあがってくるようなのを何度となく味わった。ある文章をピリオッドまで読まないうちに、それが体内に浸透しきらないうちに、本質が花ひらくのだった。活字がたってくるような作品は、何が、どのように書かれていようと、そのことだけで恐るべき作品であると、頭や心よりさきに眼が教えてくれたのである。白い窓がひらいたり、活字がたったりするのは、眼で見ることなのである。そうさとらされた。

（『ああ。二十五年。』潮出版社　１９８３）

アジアの黒い影
徳岡孝夫
ベトナム戦争は忘れていいのか
ヴェトナム戦史
ヴェトナムの詩と歴史
ダグラス・パイク著 ベトコン
その組織と戦術
戦争は地獄だ
ヴェトナム
愛と死の戦場
CHOI OI!
ベトナム報道1300日
サイゴンから来た妻と娘
私のなかのベトナム戦争
女ひとりヴェトナムを行く
30
Pilot
Blue Black
INK
ARCTIC CHAR

茅ヶ崎の開高健邸の書斎の机に残された蔵書は、
最晩年の開高が使っていたままの状態で並ぶ。

86-6866

サルトルの『嘔吐』は無人島へ持っていきたい本

開高は戦後間もない中学生の時に『嘔吐』と出会い衝撃を受けた。二十代の頃、「『嘔吐』のような作品が書かれた以上、もう私にはすることが何もないと感じられ」、サントリー宣伝部に入ったと告白している。『嘔吐』は版が改訂されるたびに手に入れ、複数所有していた。

（訳者の）白井浩司氏はいつ会っても酔っていて、しらふでいる氏の顔を私は想像できないのだけれど、執拗に誠実に脱皮をつづけていらっしゃる。青磁社の本のときからいったい何種類ぐらいの版になったのだろうかと思うが、氏は『嘔吐』が出版社を変え、紙を変え、版を変えるたびに、そのたびごとに訂正、改訳をする。そのたびごとに私は本屋へでかけて買ってくる。けれど一冊ずつ読みあわせてどこがどう変ったのかと調べることはしないのである。青磁社の本は友達が持っていったきりなので、その後私が手帖みたいにしてページを繰りつづけているのは一九五一年にでた人文書院の版である。（略）

無人島へ持っていきたい本が何冊もあって選びだすのに困らされるが、『嘔吐』はいちばんさいごにのこった、目をつむってぬきとるよりほかない数冊のうちの一冊である。

「『嘔吐』の周辺」（＊）『言葉の落葉III』（冨山房　1981）

『嘔吐　水いらず　壁　部屋　エロストラート〈サルトル著作集　第四巻〉』
白井浩司、伊吹武彦、窪田啓作訳　人文書院　1961年
『LA NAUSÉE　嘔吐』白井浩司訳　人文書院　1960年
『嘔吐〈サルトル全集第六巻〉』
ジャン・ポール・サルトル著　白井浩司訳　人文書院　1977年
『嘔吐〈現代佛蘭西小説集〉』
ジャン・ポォル・サルトル著　白井浩司訳　青磁社　1947年

サルトル『嘔吐』

一冊の本

好きな作家と作品は数多く、多様であるけれど、一群の人びとが私のなかではおなじ畑にたたずんでいる。たとえば梶井基次郎、中島敦である。チェホフもそうである。『マルテの手記』のリルケや、『地獄』のバルビュスや、『ファビアン』のケストナーもそうである。『オハイオ州ワインズバーグ』のアンダスンも列のなかに入る。

各人各様に彼らは砕ける小石の一片としての人と魂を描いた。孤立して崩れてゆく無名氏の叫びやつぶやきをこの人たちは描きだした。〝巨大な〟作家ではないかも知れないが私をときには絶望でこわばらせたり、やわらかい優しさや、深い簡潔さでなでたりしてくれた。とげとげしい懐疑と憂鬱の荒野からユーモアの小川沿いにはいでることを教えてくれたりもした。

そのような作家に親しんでゆれてかたむいていた私に異様な一撃をあたえたのがサルトルの『嘔吐』であった。人が崩れるとともに物もまたなだれを起して変貌するものであるという感覚と視点をこの作品は精緻で明晰で徹底的な肉感をもって示してくれた。古めかしい手法で書かれたその感情は鮮烈な衝撃を浴びせてきて、避けようがなかった。

書物で人生を知ることに没頭していた〝戦後〟の日本の極貧の大学生は朝から晩まで毎日ちょこまかと陋劣きわまる仕事をして暮しているのに頭と神経だけはこの戦前のフランスの金利

生活者の孤独な呻唸をさぐることに、すっかり疲れてしまった。精神病理学と形而上学の境界にあたる薄明の無人地帯をのろのろと盲目のままゾウリムシのように歩きまわることに心をうばわれた。あばら小屋に住んでもプルーストの高貴なる腐臭に人は酔うことができるのだから、倉庫のなかで漢方薬をナタできざみつつル・アーブルの濃霧におぼれることもあながち奇怪な逸脱だとはいいきれない。活字の毒が頭へきてしまったのだ。

〝内なるものへの旅〟を肉体で生きることに私は没頭していたから、この本が内省の不毛を説いているはずなのに、首までワナにはまってしまった。そして、もうこれ以上文学作品を書くことはインクと輪転機の浪費にすぎないではないかということばかり思っていた。いまでもアンチ・ロマンの諸師の仕事に私がまったく不感症であるのは、この本のためである。文学史のなかの一挿話としてしか私は彼らの作品を読むことができない。ハンマーがこわしたあとをポケット・ナイフでほじくっているだけのことではないかと思ってしまうのである。そしてこの本の主題は、孤立した一個人が救われるには芸術創作の狂熱があるばかりだということになっているのだが、自我を極度に収縮してしまうことの暗示をうけた私はそのような膨脹の狂熱に自分をゆだねることができなくなった。

何年もたってから私は創作の衝動を回復したが、この本をも含め、梶井基次郎も中島敦もチェホフも、すべて自分の好きな作家のどの作品にも似ないように書くことに努力した。影響のままに書くことは、なぜか、私には、幼稚園の合唱や、色情狂や、税務署の役人の仕事のように感じられてならなかったのである。未知の読者に向って財産目録をさらけだしてはばからないというような下司っぽい仕事をしたくなかった。どうあがいたところで私は私自身から自由になることはできないのだから、いくら〝私〟を殺そうとしたところで、手からもれるであろうし、においにもでてしまうはずである。けれど、どういうわけか、私は〝私〟を殺菌しつつ創作の猥雑な狂熱を楽しむという方向に作品を持っていきたくてならなかった。外国の作家がそういう操作をすると読者はよろこび、かつ、洞察力にみちて、ときには過度の想像力のため細部への執着におぼれてしまうものであるけれど、残念なことに私あてにくるファン・レターは私の羞恥心を察してくれなかった。つまり、芸が未熟であった。都は騒音にみちているから叫ばなければ聞いてもらえないというところもある。

　つぎの瞬間に自分の心臓がどういう鼓動をうつかはだれにもわからないし、口にだしていえる性質のものでもないと私は思いたいのである。だから私は自分がまだ何者であるかもわからないし、どんな作品をつぎに書きたがっているかもよくわからないのである。けれど、『嘔吐』以後にこれほどの鮮烈さを味わせてくれる作品に出会っていないということだけはいえると思う。

（『言葉の落葉Ⅳ』冨山房　1982）

『サルトル全集』J・P・サルトル著
人文書院　1955〜77年

中学生から親しんだ仏文学

戦後、生活苦にあえぎながら青春時代を過ごした開高。
古今東西の書物を乱読した中学生から、
『マルテの手記』（リルケ）や『地獄』（バルビュス）といった
フランス文学にも親しみ、やがて海外逃亡を胸にひめ、
ひたすらフランス語の習得に励んでいた。
手元に残らなかった愛読書は多いが、
開高健記念文庫の蔵書には仏文学書も少なくない。

『世界文学全集25 サルトル ニザン』
ジャン=ポール・サルトル　ポール・ニザン著
中村真一郎　白井浩司　鈴木道彦他訳　集英社　1965年
『現代フランス幽霊譚』ベルナール・ブラン編
榊原晃三訳　白水社　1984年
『バスチーユ回想』ランゲ著
安斉和雄訳　現代思潮社　1967年
『放浪の女ぺてん師クラーシェ』グリンメルスハウゼン著
中田美喜訳　現代思潮社　1967年
『不運な旅人』トマス・ナッシュ著
小野協一訳　現代思潮社　1970年
『ボリス・ヴィアン全集 1 アンダンの騒乱』
ボリス・ヴィアン著　伊東守男訳　早川書房　1979年
『ボリス・ヴィアン全集 7 人狼』ボリス・ヴィアン著
長島良三訳　早川書房　1979年
『ボリス・ヴィアン全集 10 墓に唾をかけろ』
ボリス・ヴィアン著　伊東守男訳　早川書房　1979年
『ブラック・ユーモア選集③ 北京の秋』
ボリス・ヴィアン著　岡村孝一他訳　早川書房　1971年
『人間最後の言葉』クロード・アヴリーヌ著
河盛好蔵訳　筑摩叢書　1963年
『祝祭と狂乱の日々 1920年代パリ』ウィリアム・ワイザー著
岩崎力訳　河出書房新社　1986年
『レイモン・アロン選集3　知識人とマルキシズム』
レイモン・アロン著　小谷秀二郎訳　荒地出版社　1970年
『パリの青髯事件』ドラモンド・ラ・デイユ著
三宅由起夫訳　紫書房　1952年

それから執事がさきにたって、私に、邸内をくまなく案内してくれた。あちらのドアをあけて婦人化粧室を見せ、こちらのドアをあけて食堂を見せ、サロンを見せ、書斎を見せ……。（略）

そう。〝奥へ、奥へ〟という感覚。薔薇の花の芯へ花びらを一枚、一枚かきわけつつもぐりこんでいく感覚。（略）

その後何日間も私はこの夜のドアの数にとりつかれていた。キャフェの（略）コントワールにもたれてぶどう酒を飲んだり、宿酔で下宿のベッドにもぐりこんで唸ったりしているときにも雲母の層膜のようにめくってもめくってもあらわれるドアのおびただしさに圧倒されていた。スタンダールでもいい、プルーストでもいい、ラディゲでもいい。あの邸から連想するならプルーストがいいかもしれない。彼らの本の一頁、一頁とはあのドアの一枚、一枚のことではあるまいか、と思った。

奥の奥、奥のまた奥、その花芯の蜜房にすわって洩らすつぶやきが彼らの作品だった。

「ドアと文学」（＊）『白昼の白想』（文藝春秋　1979）

ベトナム、開高にとって特別な国

開高は1964年、週刊朝日から派遣されて戦時下の旧南ベトナムを訪れた。戦時の最前線から日常までをルポするためだった。良きにつけ悪しきにつけ、ベトナムはその後の開高に決して消えぬ影響をもたらした。

そのときホー・チ・ミンの唱導がかかると、サイゴンが一夜でまっ赤になったといわれるくらい赤旗で埋まり、赤ン坊からおばあさんまでが、ただ《ドクラップ（独立）！》と叫び、歌ったのである。この当時のわきたつような雰囲気は古山高麗雄氏の『プレオー8の夜明け』と小松清氏の『ヴェトナムの血』にまざまざと書かれてある。

「総反攻と一斉蜂起は……」（＊）『開口閉口』（毎日新聞社　1976）

『ベトナムの詩と歴史』川本邦衛　文藝春秋　1967年
『ベトコン・メモワール—解放された祖国を追われて』チュオン・ニュ・タン著　吉本晋一郎訳
原書房　1986年
『ソンミ』セイムア・ハーシュ著　小田実訳　草思社　1970年
『ディエンビエンフー陥落』ジュール・ロワ著　朝倉剛、篠田浩一郎訳　至誠堂新書　1965年
『アジアの黒い影』デニス・ウォーナー著　南井 慶二訳　朝日新聞社　1965年
『ビアフラ潜入記』伊藤正孝　朝日新聞社　1970年
『ベトナム戦争は忘れていいのか—サイゴンカタストロフィ』徳岡孝夫　みき書房　1976年
『グリーン・ベレー　ベトナムのアメリカ特殊部隊』ロビン・ムーア著　仲 晃訳　弘文堂　1965年
『続グリーン・ベレー　ベトナムのアメリカ特殊部隊』ロビン・ムーア著　仲 晃訳　弘文堂　1966年
『二つのベトナム』バーナード・フォール著　高田市太郎訳　毎日新聞社　1966年
『ベトナム報道1300日—ある社会の終焉』古森義久　筑摩書房　1978年
『テト攻勢』ドン・オーバードーファー著　鈴木主税訳　草思社　1973年
『サイゴンの日本人外科医』渡辺栄　時事通信社　1972年
『ヴェトナムの断層』平松魁郎　角川新書　1965年
『南ヴェトナム戦争従軍記』岡村昭彦　岩波新書　1965年
『北ベトナムの共産主義』パトリック・J・ハネー著　原子林二郎訳　時事新書　1965年
『戦争は地獄だ ルポ インドシナの残虐』P・アーネット著　読売新聞編集部訳　読売新聞社　1970年
『ベトナムからの屍体』ケヴィン・クロウズ　フィリップ・A・マッコウムズ著　津雲祐訳
立風書房　1975年
『ベトナム秘密報告—米国防総省の汚ない戦争の告白録　上・下』ニューヨーク・タイムズ編　杉辺利英訳
サイマル出版会　1972年
『ベトコン—南ベトナム解放民族戦線=その組織と戦術』ダグラス・パイク著　浦野起央訳
鹿島研究所出版会　1968年
『ヴェトナムの大使』モーリス・L・ウェスト著　田中融二訳　河出書房新社　1966年
『「ベトコン」とともに』W・G・バーチェット著　高山洋吉訳　恒文社　1966年
『片道の青春 ふっとんだ俺の目と脚』横内仁司　北欧社　1973年
『女ひとりヴェトナムを行く』平松昌子　ハウ・ツウ・ブックス　1965年
『ヴェトナムの血』小松清　河出書房　1954年
『DICK ADAIR'S SAIGON』D. Adair Weatherhill　1971年
以上は開高健記念文庫所蔵の副本である。

開高が最初にベトナムを訪れたのは、ベトナム戦争真最中の一九六四年十一月から一九六五年二月にかけてだった。週刊朝日特派員として、サイゴンのマジェスティック・ホテルに滞在し、最前線にまで行き毎週ルポルタージュを発表した。この時、ジャングルでベトコンに包囲され、集中砲火を浴びながら奇跡的に生還する。

一九六八年、七三年にもベトナムへ出かけた。「ヴェトナムでは徹底的に教えこまれることがおびただしくあった。三度訪れて、三度とも、それぞれ異なる場所と異なる様相で、とことん注入されることがたくさんあった」(『開口閉口』)。そして、「おびただしく血と影をあたえられることがあったので、後日になって作品を書かずにいられなかった」(『歩く影たち』)。『ベトナム戦記』や『サイゴンの十字架』などのルポルタージュが書かれ、『輝ける闇』『夏の闇』といった純文学の傑作が生まれた。訪れた以降も、ベトナム関連の本は開高にとって素通りできないものとなったのである。

ベトナム戦争取材時のヘルメット。

ベトナム戦争取材中に携帯したジッポのライター「そうさ、たとえわれ死の影の谷を歩むとも怖るまじ、なぜっておれはその谷のド畜生野郎だからヨ」という、アメリカ兵が信じている弾よけの呪文が彫り込まれている。／米軍から発行された従軍記者証。

戦争最盛期のサイゴンでは路上に弾丸よけの呪文の彫り屋が何軒となく店をだしていて、USA製の真鍮の原板を何種類も持っていた。その何種かの呪文のうちでもっとも気に入った、もっとも長い、もっとも手のこんだのを手持ちのジッポに彫りこませ、そのジッポを二コも三コもバッグにひそませておき、いつ失っても平然とその場でつぎのをとり出せるように用意しておいた。

「書斎のダンヒル、戦場のジッポ」（＊）『生物としての静物』（集英社　1984）

アジア、南アメリカ

パリや中国、ベトナムはもとより東欧、中央アジア、北米、南米と、開高は世界の国と地域を旅した。帰国後も訪れた国と地域の歴史や文明に関する本を読んだという。開高健記念文庫にはその一部が所蔵されている。

人間最後の言葉
祝祭と狂乱の日々 1920年代パリ
知識人とマルキシズム
開高
Kaï
囚人ルドルフ・ヘス
死はわが職業
ある詐欺師の回想 フェリックス・クルルの告白 トーマス・マン 新潮社
ベルリン日記
エル・ドラード
失われたマヤ王国
ネス湖の怪獣
冒険への航海
アトランチス大陸
コン・ティキ号探検記
反乱するメキシコ
ツタンカーメン発掘記
世界の歴史 12
アンコールの廃墟
フェニキア人
ムー文明の発掘
東方見聞録
モンゴル帝国史
騎馬民族史
中国訪問使節日記
1 アジアの砂漠を越えて 上
2 アジアの砂漠を越えて 下
3 楼蘭の発見とチベット行
5 トランスヒマラヤ 下
4 トランスヒマラヤ 上
ゴビ砂漠探検記
ジンギスカン
チンギス・ハーン
草原と樹海の民
ダーウィン以来
十戒の生物学 モラルについての行動学的考察
ソロモンの指環
はるかなる仔熊の森
未知の動物を求めて
かわうそタルカ H・ウィリアムソン
野生児の世界
中国名詩集
歴史の暮方
聖書の旅
中国文化大革命
西域をゆく 井上靖 司馬遼太郎

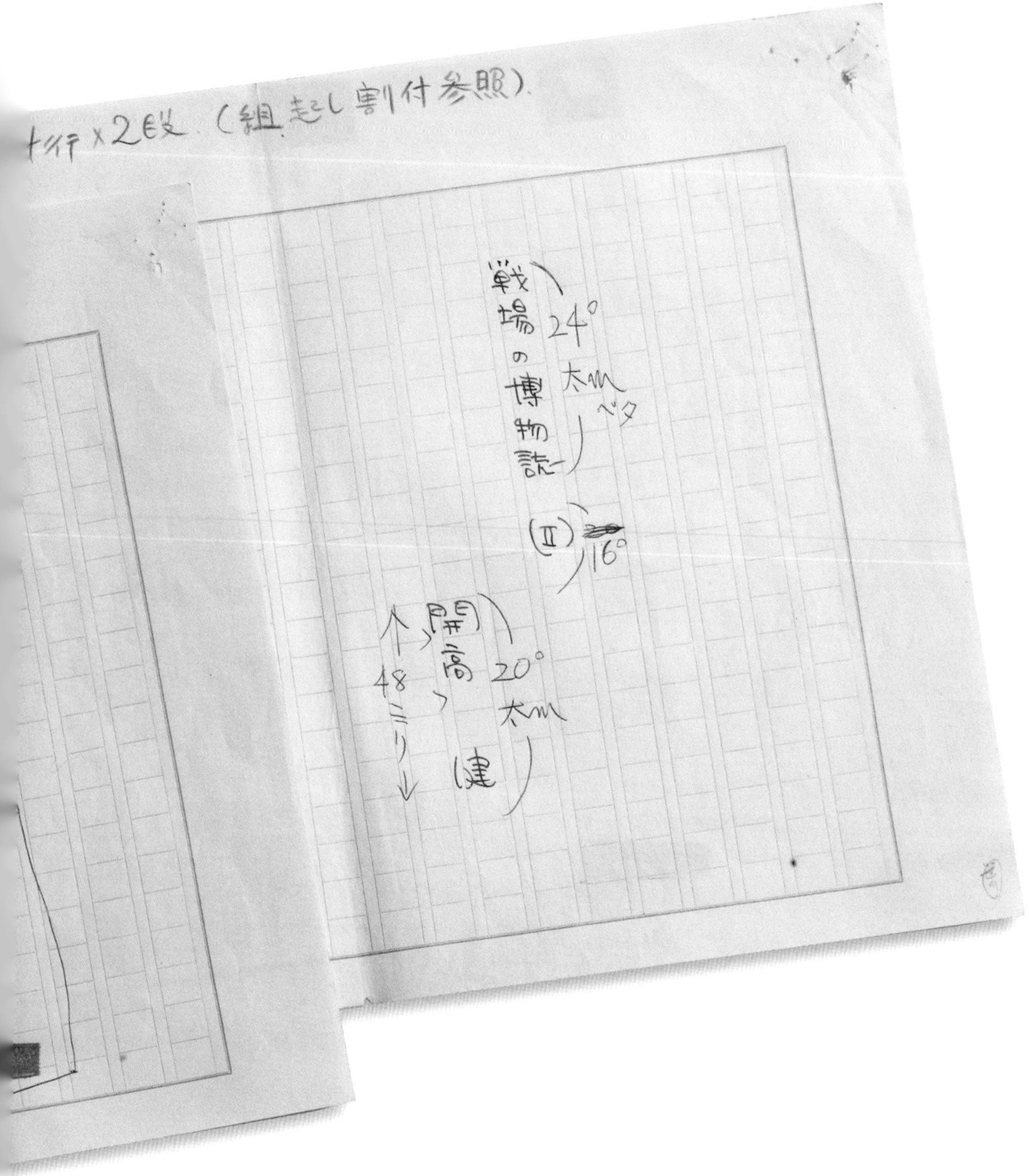

「文學界」(1979年2月号〜5月号)のために書き下ろした「戦場の博物誌」直筆原稿。原稿用紙のマス目を埋めた、丸みを帯びた楷書体。直しはほとんど見られない。開高健記念文庫所蔵。

『戦場の博物誌』直筆原稿

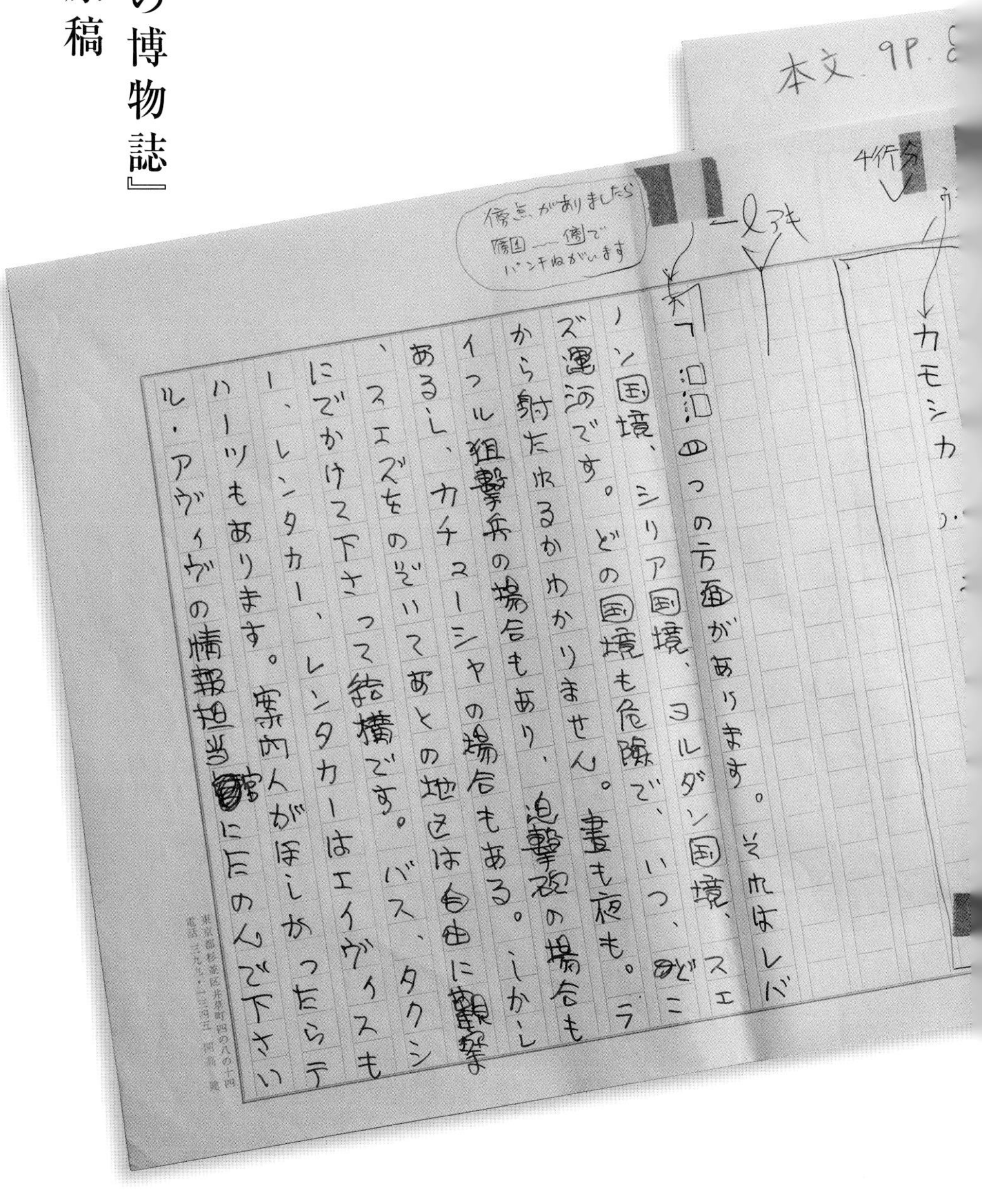

本文 9P 8
4行分
1Lアキ
傍点がありましたら 傍因～～傍で パンチねがいます
カモシカ
「四つの方面があります。それはレバノン国境、シリア国境、ヨルダン国境、スエズ運河です。どの国境も危険で、いつ、どこから射たれるかわかりません。昼も夜も。ライフル狙撃兵の場合もあり、迫撃砲の場合もあるし、カチューシャの場合もある。しかし、スエズをのぞいてあとの地区は自由に観察にでかけて下さって結構です。バス、タクシー、レンタカー、レンタカーはエイヴィスもハーツもあります。案内人がほしかったらテル・アヴィヴの情報担当官にたのんで下さい
東京都杉並区井草町四の八の十四
電話 三九九・一三四五 開高 健

SFから捕物帳まで

開高健記念文庫が保存する蔵書には、国内外の作家による推理小説が少なからずある。アガサ・クリスティから江戸川乱歩、さらには、佐々木味津三の右門捕物帳まで。そして、星新一やレイ・ブラッドベリのSFミステリーにまで範疇は及んでいる。

「手の指の一本になってしまっている」
と開高が書いている愛用のモンブラン。
中字用。

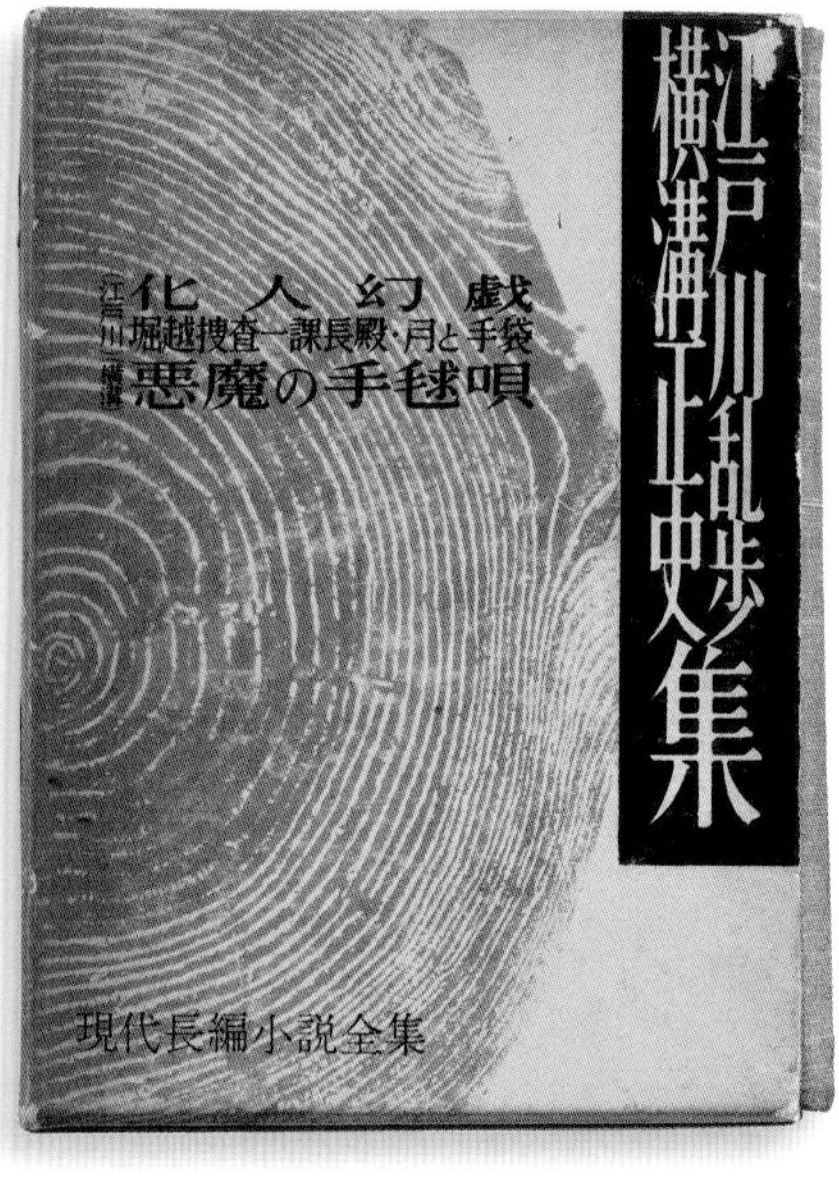

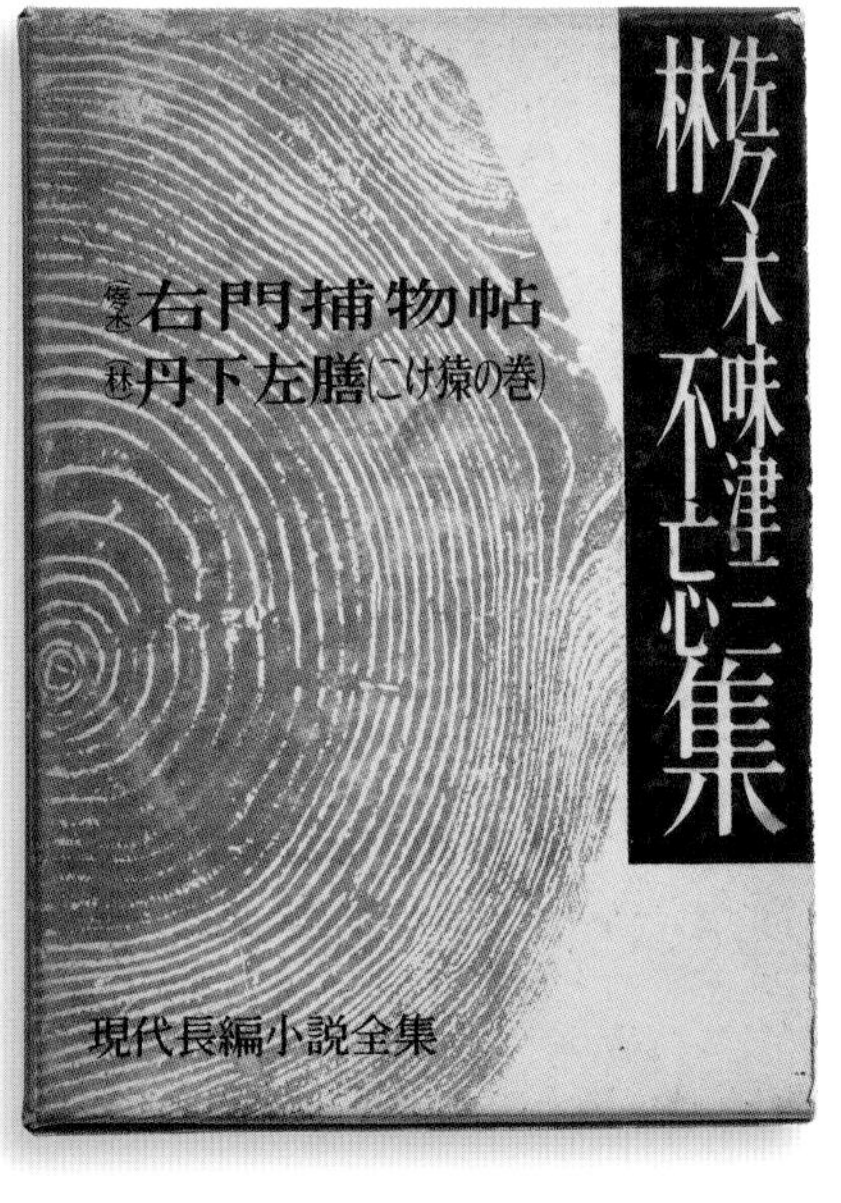

『現代長編小説全集29　江戸川乱歩・横溝正史集』
江戸川乱歩・横溝正史　講談社　1959年
『現代長編小説全集45　佐々木味津三・林不忘集』
佐々木味津三・林不忘　講談社　1959年

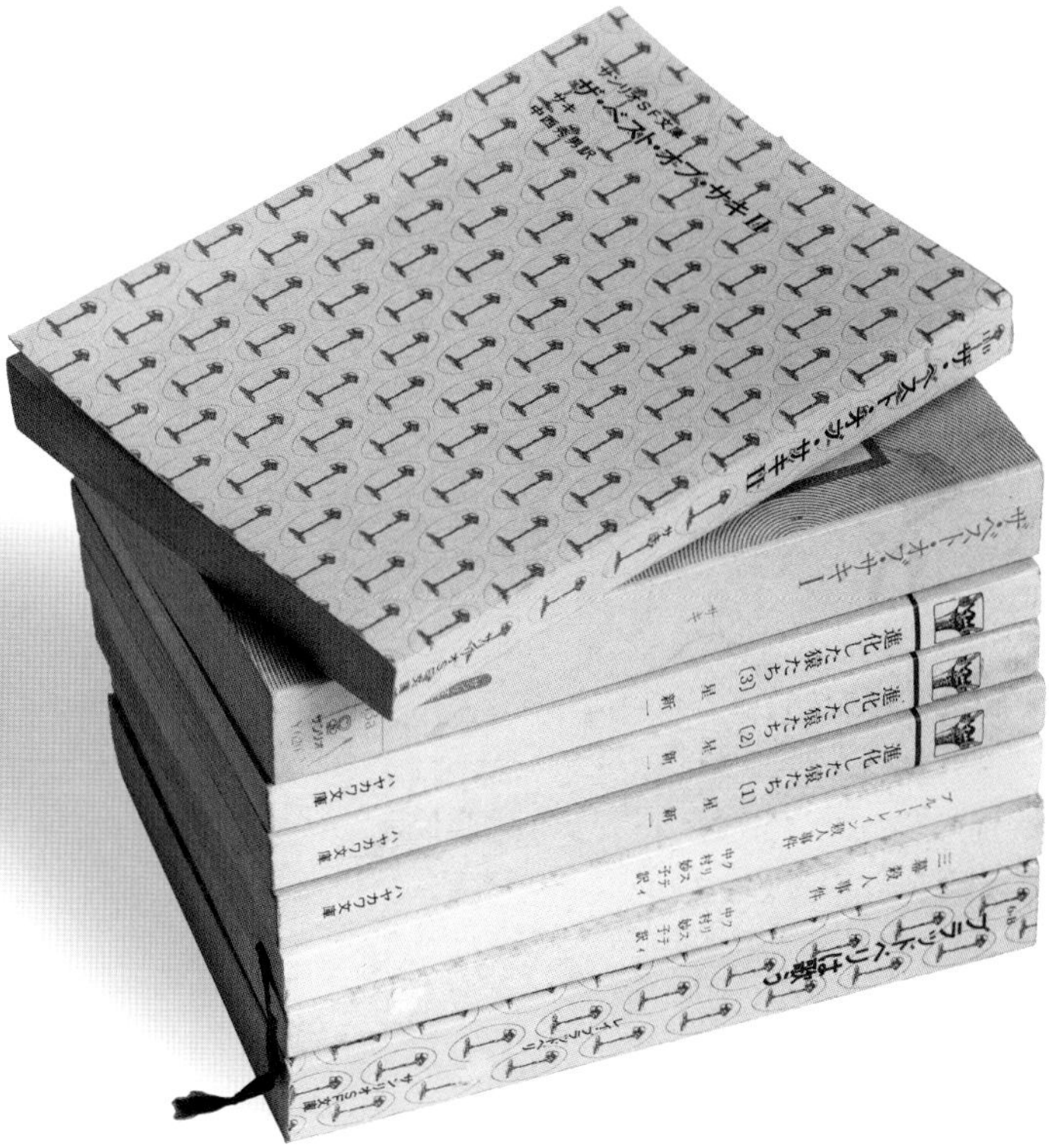

『ザ・ベスト・オブ・サキI〜II』サキ著　中西秀男訳　サンリオSF文庫　1978年、1982年
『進化した猿たち(1)〜(3)』星新一　ハヤカワ文庫　1975年
『ブルートレイン殺人事件』アガサ・クリスティ著　中村妙子訳　新潮文庫　1983年
『三幕殺人事件』アガサ・クリスティ著　中村妙子訳　新潮文庫　1984年
『ブラッドベリは歌う』レイ・ブラッドベリ著　中村保男訳　サンリオSF文庫　1984年

スパイ小説と推理小説はゼロ時間をうっちゃるのにこの上ない友人で、いったい子供のときから何冊読んできたことだろうか。近頃はどちらもネタ切れ、トリック切れで、いいものにはなかなか出会えないけれど、これはイケるかなと思って買った本をかかえて地下鉄のなかでイライラしたり、いざそれを持って寝床のなかに這いこむときの愉しみというものは、やっぱり一日のうちの貴重な句読点である。

「悪夢で甘く眠る」(＊)『開口閉口』
(毎日新聞社　1976)

眼をあけて読む悪夢

ディストピアは、ユートピアの逆を表す言葉で、反理想郷、暗黒世界、及びそのような世界を描いた作品。ディストピアを代表するオーウェルの『一九八四年』を開高がはじめて読んだのは十代のときだが、三十代半ばからはオーウェルの作品なら何でも読みにかかったという。

オーウェルは死ぬまで自分を社会主義者であるとしていたから右翼がうなだれてしまいたくなるくらい徹底的に左翼独裁体制の悲惨をあばいたが、だからといって右翼が握手を求めてくると断固としてはねつけた。サド侯や、スウィフトやザミャーチンなどのように彼は無人地帯の逆立ちした理想主義者としてこれらのディストピア物語に徹底的に没頭した。柔らかい国の住人である私たちは、これらの固い国の物語をちょうど抗毒素の注射をうけるようにしてもっぱら想像のなかでおびえたり、絶望したりする。しかし、精細に読んでいくなら個別化の衝動と集団化の衝動の二つの根源的情熱にはさまれて翻弄されている人間というもののほとんど恒常的で永遠かと思いたくなる不幸の一様相としてそれはまざまざと読みとれる。悪夢の文学は数えきれないくらいあるが、作者がほんとにいい眼をあけて凝視している悪夢はごく稀れである。

「眼をあけて見た悪夢」（＊）『食後の花束』（日本書籍　1979）

『ジョージ・オーウェル(上)(下)』B・クリック著　河合秀和訳
岩波書店　1983年
『1984年』ジョージ・オーウェル著　新庄哲夫訳
ハヤカワ文庫　1972年
『動物農場』ジョージ・オーウェル著　開高健訳
ちくま文庫　2013年
『われら』ザミャーチン著　川端香男里訳　講談社文庫　1975年

久生十蘭、小栗虫太郎、夢野久作
異端と幻想の小説家たち

『久生十蘭全集Ⅰ〜Ⅶ』久生十蘭
三一書房　1969〜1970年

『巴里の雨』久生十蘭　出帆社　1974年
『黄金遁走曲』久生十蘭　出帆社　1974年
『紀ノ上一族』久生十蘭　出帆社　1974年

『二十世紀鉄仮面』小栗虫太郎
桃源社　1969年
『人外魔境』小栗虫太郎　桃源社　1968年
『完全犯罪』小栗虫太郎　桃源社　1969年
『黒死館殺人事件』小栗虫太郎
桃源社　1969年
『屍体七十五歩にて死す』小栗虫太郎
桃源社　1975年

『夢野久作全集1〜7』夢野久作
三一書房　1969〜1970年

いわゆる円本ブーム期の全集も欠本なしに全種読むことができ、そのなかには小栗虫太郎も江戸川乱歩も中里介山もまじっていた。厄介なのは空襲警報のサイレンで、読書をやめて灯を消して防空壕に入らなければならないのが苦痛でならず、家が焼ける恐怖よりも本の読めない渇望のためにいらいらさせられた。

「私の文章修業」（＊）『食後の花束』（日本書籍　1979）

愛読する金子光晴の本

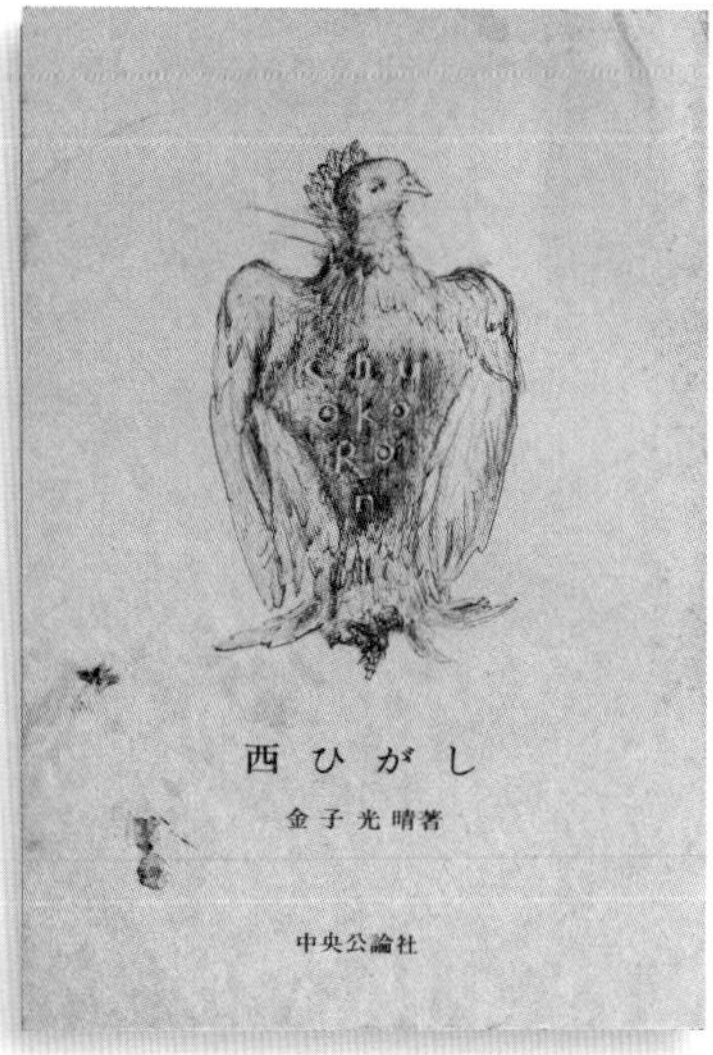

金子光晴を愛読するようになってから、かれこれ二十五年は過ぎたと思う。詩、伝記、エッセイ、みな読んだが、そのときどきの心の状態に応じて時期を選び、その時期、時期の作品を読んだのだったが、若い焦燥でたつこともすわることもできずにすくみあがり、そしてそのことにくたびれきったとき、つまり〝まさかのとき〟と呼んでいいような状態のときに手をのばすのは、やっぱり、氏自身が好きだったといった時期の詩だった。右のポケットにはいつも何かしらが入っていて、コロコロとあちらへいったりこちらへいったりし、指や睾丸のように体の一部になりきっているものだが、逝去の報を聞くと、ふいにポケットがからっぽになってしまったような気がした。

南無。森羅万象。

「右のポケットがからっぽになった」（＊）『白昼の白想』
（文藝春秋　1979）

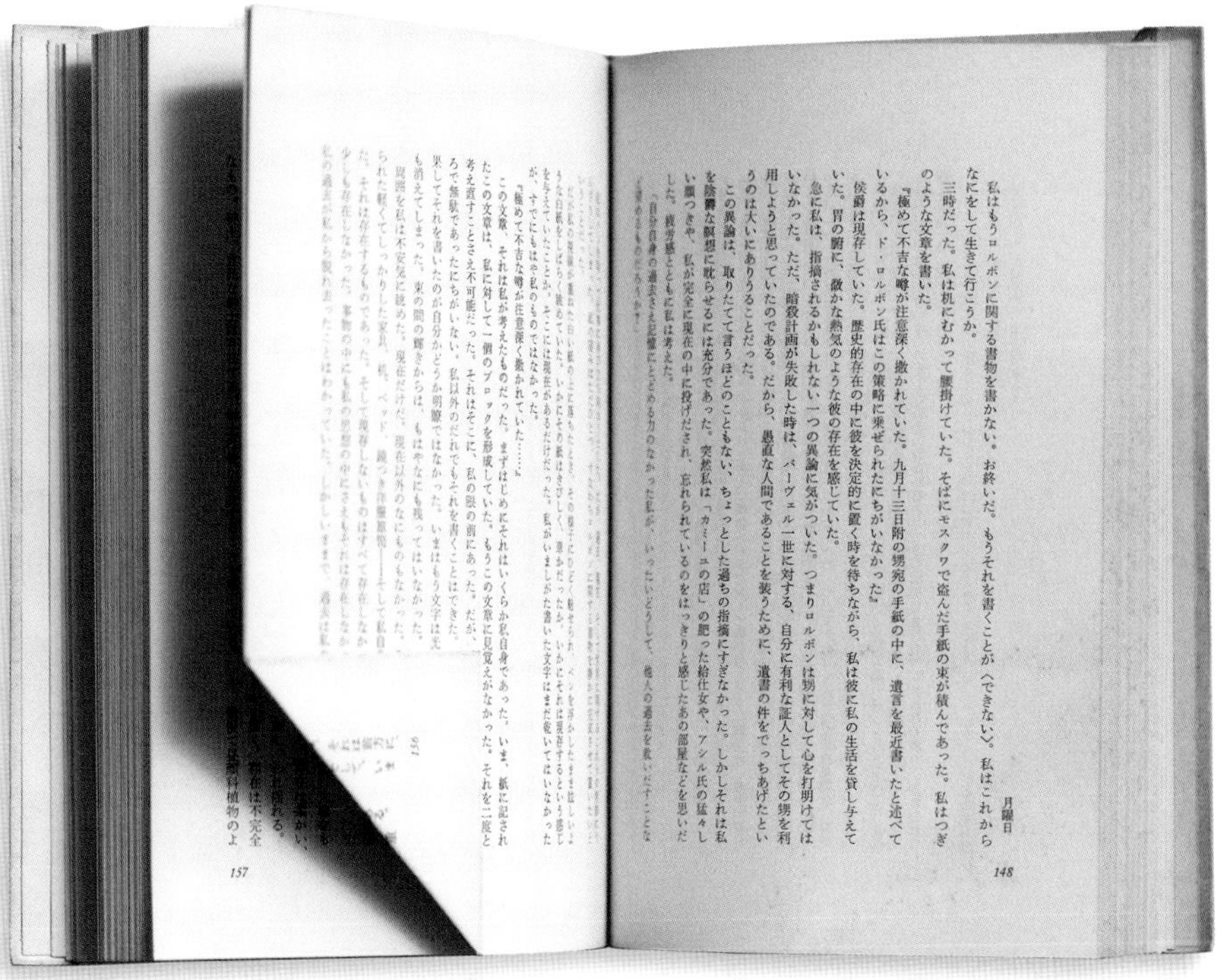

吉田健一の奇書

ネス湖の怪獣ネッシー、雪男、怪鳥ロック、マンモス、
さらには消えた民族や大陸まで。
古生物を目撃した人の証言をもとに、
未知の世界を追求していく吉田健一のユニークな書。
『未知の世界　私の古生物誌』（図書出版社　１９７５年）
とタイトルを変えて再発売され、
のちに、ちくま文庫にも収められた。
開高は、１４９頁から１５６頁をひとまとめに折り、
目印を残している。

傍らに言海

開高の書斎には、かなり読み込まれた国語辞書『言海』が置かれていた。小説『花終る闇』は、『言海』のページを繰る日常を描くところから始まっている。

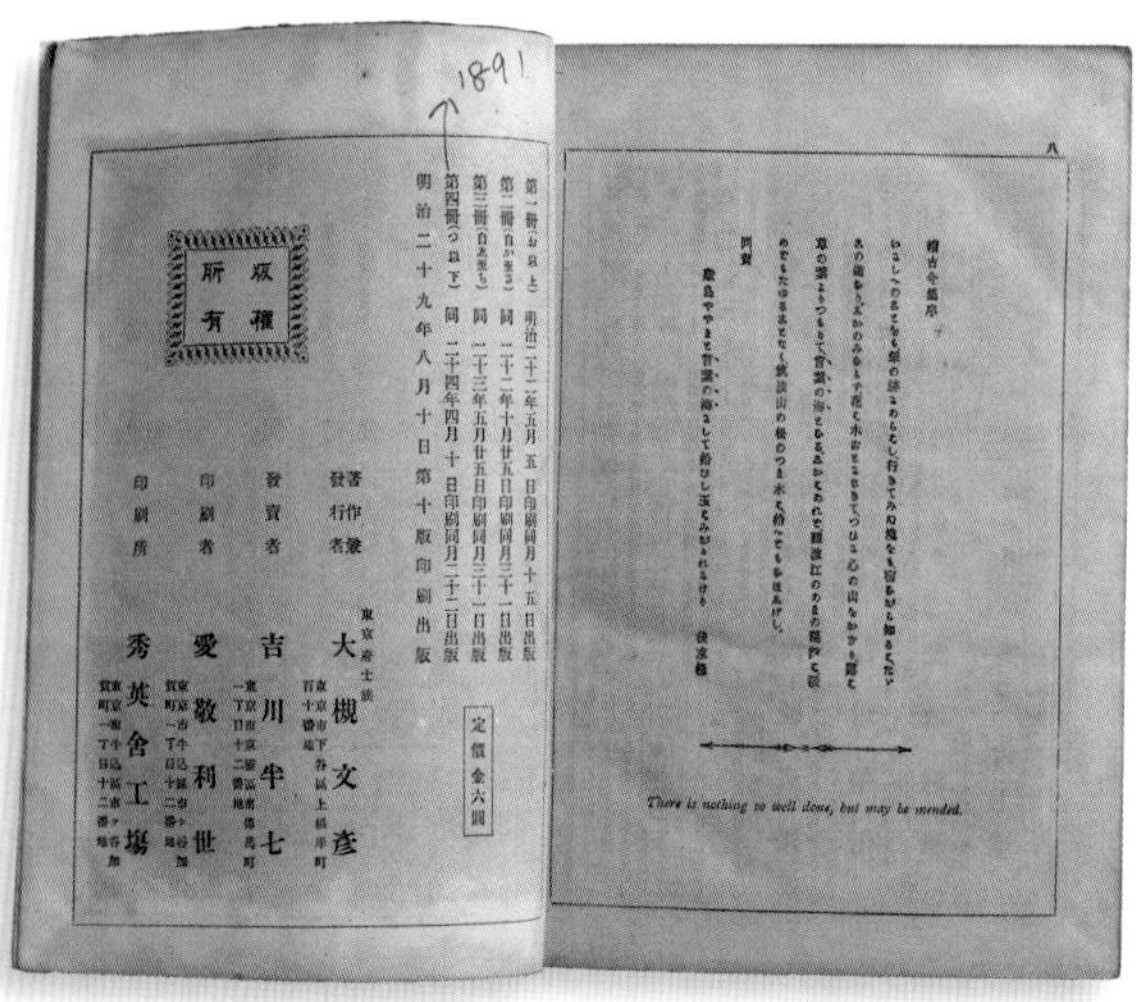

国語学者の大槻文彦が明治22年に第一冊を出版した国語辞書『言海』。上の写真は開高が所蔵していた第四冊(明治24年)第十版(明治29年)発行のもの。これとは別に、一冊本で、表紙のとれた『言海』が書斎には常に置かれていた。

書斎机の右側に置かれた辞書類の一部。

言海に漂う

芥川龍之介が『言海』を日頃から愛読していたことは有名な挿話としてのこっている。詩人や作家で辞書を実用のほかに愛読書として遇していた人物は少くなくて、たとえばスタンダールはいつも執筆にかかるまえに『ナポレオン法典』に眼をとおすのを習慣としていたと伝えられるし、無名のボオドレェルがゴオチェにはじめて出合ったとき、辞書を読みますかとたずねられて常日頃からたいそう愛読していますと答え、それがキッカケになって二人は以後親近しあったという挿話ものこっている。

近頃私は戦前の版の『言海』を友人に入手してもらい、もっぱら愛読している。現代の辞書には〝味〟がないけれど、これには辞書としての機能のほかに、読むたのしみというものがたっぷりある。いわば果汁たっぷりの、おいしい辞書である。愛読するといっても頁を追って読むわけではなく、くたびれたときにパラパラと任意無差別抽出で頁を繰り、そこにある言葉を読むのである。自分が小説を書いているときは——ことに熱中しているときは——ぜったいに内外、古今を問わず他人の作品を読まないという方針から、私はもっぱら鳥獣虫魚、失われた大陸、史前期の怪物の生きのこり、中華料理のメニュといったものを読むことにきめてあったのだが、『言海』を手に入れてからは、空白の時間がぐっと豊饒になった。

辞書を読むたのしみはいろいろあるけれど、字を忘れないこと、字をおぼえること、つまり感情と事物を忘れないこと、おぼえることのほかに、想像力をかきたてられ、培養されるということがある。脈絡なしに頁に鋳こまれている文字をただ眺めているだけでたのしいことがあるけれど、一つから一つへと移っていくうちにこころが気まぐれに膨脹したり、収縮したりし、想像や連想をかきたてられ、ときには思いがけず意想奔出が発生してくる。たった一語でみごとな短編となっていたり、長編のどこかの重要な部分となっていたり、するものがある。そう感知したときにはすばやく体を起してメモにとっておけば後日の役にたつことがずいぶんあると思うのだが、なかなかそれができず、流れるままにまかせてしまい、ずいぶんの浪費だけれど、しかし、だからこそたのしいのだともいえる。

言葉に生があり、精が棲んでいると考えた先祖はそのために《言霊《ことだま》》という言葉をすら創案したが、この畏怖と敬愛は現代人ではどうなっているのだろうか。言語についての研究は近年にわかにさかんになり、精緻になっているけれど、分析が緻密になるだけ初発の直感の鋭さや豊沃さが喪われていくという事情は他のどの分野ともおなじらしく見える。論文を書いている文体そのもののどこをさがしても涸渇しか感じられないので、ただ荒寥ばかりをおぼえさせられ、うんざりしてくる。これもまた他のどの分野ともおなじである。荒寥描くには豊饒が準備されていなければならないということがまったく感知されていず、わきまえられてもいない。文学雑誌、総合雑誌、××雑誌、△△雑誌、机のうえに山積みになっているそれらを任意にとりあげ、無差別に頁を繰り、眼にとまるままのものを抽出して読んでみると、うなだれてしまいたくなる。稀薄と貧寒の氾濫である。ごろりと寝ころんだまま私は手をのばして辞書をとりあげて、気ままな航海に出発する。

(『白昼の白想』文藝春秋　1979)

II 本と読書

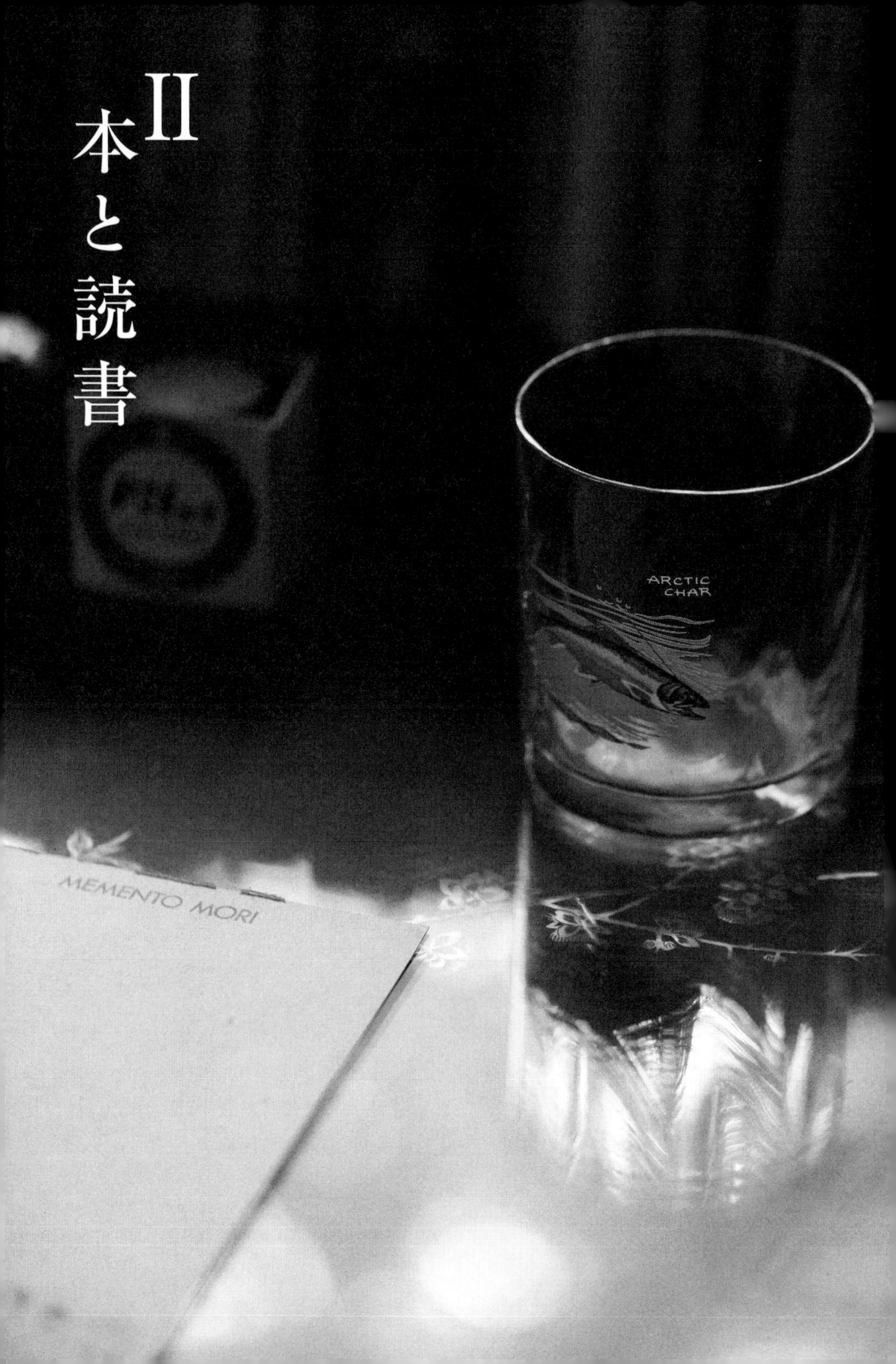

私の始めて読んだ文学作品と影響を受けた作家

ある少年が、ある青年の作家にむかってなにげなく、

「……ところで、つぎはどんな作品をお書きになるのですか？」

とたずねた。

作家はしばらく考えてから、冷静な困惑の表情で、

「わからない」

といった。

「それは誰にもわからないことだよ」

「どうしてですか？」

「だって、きみ」

作家は目をあげてたずねた。

「だって、きみ。きみは自分の心臓がつぎの瞬間にどんな鼓動をうつか、答えられますか。ものを書く人間もそうですよ。つぎに自分がどんな作品を書くことになるかは他人にも自分にもわからないことですよ」

彼はそういって少年に説明した。

この小さな挿話はヤヌホという人の書いた『カフカとの対話』という本にでている。

ヤヌホは成人してからは流行歌の作曲者かなにかになったが少年時代には詩を書いていて、役所につとめているカフカのところへ文学の話を聞きにしじゅうかよった。この小さな本はその頃のことをまとめた回想記である。ほかにもたくさんの挿話が入っている。

自分のスランプを弁護する武器としてこの挿話はたいへん便利で有効だったが、よく考えてみれば私も自分の心臓の動きについてはまったく無知である。つぎの瞬間どころか、いまのいまどううごいているかも答えられない。ときどきの原因不明の急迫の結果として作品が生まれる、というよりしかたがない。どんな作家にどんな影響をうけてきたのか。それも自分ではたいへん答えにくいものを感ずる。

小学生のときから大学をでる頃まではずっと内乱状態がつづいていた。これはいわば明暗長短さまざまな臨時政府の果てしない起伏であった。そのあとをひとつずつたどろうとすると、あまり整理のゆきとどいてない古本屋の書棚のまえにたったほうが早い。

レマルクの『西部戦線異状なし』のよこに梶井基次郎の本があり、リルケの『マルテの手記』が半分ほどひらいておちているそばに『タルタラン・ド・タラスコン』が親しげな手垢を見せ、武田泰淳の『蝮のするゑ』、大岡昇平の『俘虜記』、三島由紀夫の『仮面の告白』、指を折っていると際限がない。それぞれの作家が私にむかって一時期の専政を宣言した。

この乱雑だが楽しい植民地時代につづいて、憂鬱な空位時代が訪れた。あれもよい、これもよいが、あれもいや、これもいやになった。いつごろからそれがはじまったのか、はっきりとした記憶がないが、そろそろ大学を卒業する前後、朝鮮戦争の前後あたりではなかったかと思う。

私は何人かの仲間といっしょに同人雑誌をはじめ、いくつかのデッサンを書いた。ちかくの神戸に島尾敏雄氏が住んでいて、東京へ移住するついでに私の原稿を佐々木基一氏に渡し、『近代文学』に斡旋の労をとって下さった。その頃の『近代文学』は初期の衝動が中和しかかってゆるやかな下降の旋回運動をはじめているような様子があったが、しかし、それでも、そこに自分の書いたものが発表されること自体はたいへん晴れがましい気持をあたえてくれた。皮膚のささくれた、熱っぽくたどたどしい、二つ三つの習作が、いちじるしい寛容を帯びはじめた同誌の編集同人諸氏の許可を得て掲載された。

しかし、すでに空位時代ははじまっていたのである。なにを読んでもつまらなかった。自分の書くものはもちろん、他人のどの作品にもうごかされることがなくなった。なにか書きたい気持はたえずあったが、なにをどのように書いてよいのかわからず、すべてのものに不満と嘲笑を感ずるだけで私はいらいらしていた。焦躁と憂鬱の日がつづき、紙切虫のようにつぎからつぎへと読む本はただおびただしいというだけのことで、その堆積を疲れた目でぼんやり眺めていると、なにか腹立たしいような、バカバカしいような、うんざりした気持になってきた。

この空位時代はそのまま何年もつづいて現在に及んでいる。自分の書くものがいくらか売れるようになったのだから私はいわば独立宣言をしたことになるのだろうと思うが、いつ、なにを書いても、書き終ってペンをおいたその日の夕方あたりからつまらなくなって胸苦しさのようなものをおぼえはじめる。カフカ流にいえば、心臓の鼓動がほとんど聞こえなくなる。のみならず、心臓そのものがいやでいやでたまらなくなることさえあるのである。やりきれたものではない。が、しばらくするとまたぞろ動きだす。正調、乱調、高音、低音、どんな瞬間が訪れることか、まさに見当のつけようがない。

（『言葉の落葉Ⅰ』冨山房　1979）

1958〜9年頃、バー「バッカス」にて。（撮影・桐山隆明）

私と〃サイカク〃

私が西鶴を読んだのは高等学校に入ってからである。戦争が終ったとき私は中学校の三年生だった。この三年間は勤労動員に狩りだされて勉強はなにもできなかった。毎日、操車場で防空壕を掘ったり、機関車の罐《かま》焚きをやらされたりしていた。仕事と空襲警報のあいまを狙っては小説を読んだが、当時は新刊書がでるわけではなかったから、いきおい戦前に刊行された各種の内外の文学全集などに興味が集中することとなった。私たちの若い世代の人間のなかでしばしばマセた文学的知識をふりまわす人間が多いのは、一つにはこの禁圧期の読書経験によるところが多いのではないかと思う。戦前の改造社の『現代日本文学全集』や、新潮社の『世界文学全集』その他いわゆる円本ブーム期の刊行物などを通読しているため、しばしば私は私なりにあの時代の雰囲気を理解したようなつもりになって、つい知ったかぶりの大口を酔うとたたきたくなる――という悪癖も、それよりほかに、なにひとつとして読むものがなかったからという密度の濃い読みかたを幼いときに強いられ、その記憶や経験が忘れられないためなのである。

で、私はまもなく、まだその頃のこっていた旧制のある高等学校の文科に入ったが、ここで国文学の時間にテキストとして使われたのが西鶴であった。その国文学の教授が当時まだ三十代の若い人であったためか、授業のときは西鶴にすっかり夢中になってしまって、本文を逐行解釈しているうちに昂奮のあまり、さもまだるっこしいという様子で眼鏡をパッとはずすと本をとりあげ、音吐朗々と朗読しはじめるのだった。それも『永代蔵』や『胸算用』などの経済小説のあいだはまだしも、巻が進んで好色ものに逢着するといよいよ熱が入り、たとえば世之介がむらがる女をなぎたおしなぎたおしのカザノヴァぶりを発揮する段の、汲めども尽きざる腎水入れかえ干しかえ、というような意味の文章を、先生は教室いっぱいの甲ン高いキンキン声で読みあげては三嘆四嘆するのである。

「すごいですねぇ」

とか、

「どうです、この奔放なこと」

とか、

「人間ですねぇ、讃歌ですねぇ」

などといっては、そのたびにため息をつくのである。あまり毎時間これがくりかえされるので私たちはすっかり圧倒されるやらテレるやらで、先生に〝ルネさん〟という仇名をつけることにした。〝ルネッサンス〟をもじったつもりである。

この先生の気質にはたぶんにいわゆる〝旧制高校的〟な、ロマンティックな、無邪気な衝動が散見されたが、そしてそのゆえに私たちはただムカムカとなって教室から遁走しはしたが、いまから思えば、彼は彼なりにそれまでの戦争中の禁圧症状からのがれたい気持がひたすら濃くて、あんなキンキン声となったのであろう。西鶴は彼にとって、いわば戦後のあのあまりにも短すぎた〝解放〟の幻影期の、大きすぎる代償志向の対象であったのだと思う。

私はそれまで西鶴を読んだことがなかったので、たいへんもの珍しく新鮮な印象で彼の諸作に接することができた。それまでの私の読書経験や、乾からびきった生活意識などからすると、彼の資質の特異さは、早くいえば〝西鶴〟というよりは〝サイカク〟と読んだほうがピッタリくるといってもよいようなものであった。それほど彼は私にとってみずみずしく桁はずれなものに映った。これには一つ、私が大阪生れの大阪育ちであるために、織田作之助が判定をくだしている西鶴の〝大阪人的性格〟としての諸特質がたいへんスムーズな親近感をもって自分なりに理解できたということも手伝っている。が、私の第一印象として〝西鶴〟を〝サイカク〟と読みたくなったのは、やはり彼の感性のタイプが日本の古典文学の感性の系列のなかに占める異質さのゆえであった。それまで私が雑然と気まぐれに読みかじりつつある種の現代的必然性をもって理解し、感じ、照応していた古典の諸作品、たとえば『徒然草』や、『平家物語』や、わけてもあの厖大な規模で展開される『源氏物語』などのなかに流れているのとはまったく質の異なった時間意識が、西鶴のなかにハッキリと感じられた。それは私にとっては、やはり、〝西鶴〟とか、〝さいかく〟などというよりは、サイカクと呼んだほうがふさわしく感じられるほどの性質のものとして映ったのである。

ルネさんには悪いと思ったけれど私は生活の窮迫に追われて教室の勤勉な学生となることができなかった。が、テキストが触媒となって私はその後しばらくあちらこちらの工場を転々としつつ、もっぱら自分の内心の興味の対象として西鶴の諸作品を読みあさった。ある短い一時期には彼の体質的な破廉恥さや、冷酷な傲儼さや、生への嗜欲のようなものが私の衰弱しきった神経へのつよい暗示や支柱として映ったこともあった。ついに発表する勇気をもたなかったが彼にそそのかされて発作的に熱病的に彼のあとを追おうとして、『胸算用』まがいのけちんぼ物語、それもひたすら陋劣さと残酷さを旨として原稿用紙に書きつづる衝動を抱いたこともあった。そして自分が彼について抱いているイメージを武田麟太郎や、織田作之助や太宰治などの短篇にあらわれているそれと照合しようとして、いつも、ある不満と失意をおぼえさせられた。彼らのそれは私にとっては、ある場合は〝西鶴〟、ある場合は〝さいかく〟、湿って失速して埋没し、彼らの立場からのやむを得ざる道程は理解できながらも、ついに〝サイカク〟ではなかったのである。この不満を解決するためにはいつか自分で書いてみるよりほかには道がないのである。時間をつくろうと、私はしばしば思いきめながら、まだそのままでいる。

（『言葉の落葉Ⅰ』冨山房　１９７９）

心はさびしき狩人

姿勢だけからいうと寝ころんで読むのがいちばん楽だし、自由である。寝ころばずに読むのはすこし苦しくて無理がある。ときたま体の苦痛などなにもかも忘れてしまう本に出会うこともあるが、ごく稀れである。のみならず読んでしまわないことにはおもしろい本かどうかはわからないことである。

だから、新しい本を手にすると、私はそれをもって寝ころびにゆく。部屋の隅、壁ぎわ、万年床といったようなところである。毛布かふとんをかぶり、ひくいめの枕に頭をのせ、顔と手だけだして、穴のタヌキのような恰好をするのが大好きである。それも、広びろとして、よく整理のゆきとどいた部屋などより、体のまわりに本や、灰皿や、コップなどが散乱した、ごく小さな部屋がよい。ほかに欲をいえば、子供の頃ならセンベイと薬罐、いまなら酒瓶とコップが枕もとにあれば、もう申分がない。そういう隅っこでチビリ、チビリやりつつ本を読んでいるうちに眠りこみ、いつのまにか心臓がとまってしまった、というような死にかたこそ祝福された死にかたというものではあるまいかと、ときどき、考えることがある。

モノをしている姿勢については、たとえば労働ならミレーの種まく人、思考ならロダンの彫像、読書ならクールベのボオドレエル像といったぐあいに、いくつもの肉化されたイデエを教えられているけれど、写実でいけばいくらもの好きの画家がやっても私の場合などはとうてい画にならないだろう。どうしてこんないぎたなくもみすぼらしい癖がついてしまったのか、口惜しくなって、ときどき床から起きて狂ったように部屋じゅうを片づけたり、掃いたりして、明窓浄机、端坐してみることもあるのだが、ものの二日もたてばもとのモクアミである。またぞろゴミのなかでエビのように体をちぢめて部屋の隅っこに寝ころがっている。

よく写真を見ると学者や作家は万巻の書棚をうしろにおちょぼ口をしたり一点をカッと瞶《みつ》めたりしてすわっているのを見るが、いかにもしらじらしい気がするので、あるとき写真を求められ、どうです、ホントのところをとってみたらと、自分の好みを説明したところ、カメラ・マンの人にひとことでしりぞけられた。

「いけません」

という。

「何故？」

と聞くと、

「日本の部屋で写真にふとんを入れると、きまってエロかグロになるんです。そうでなきゃ病人か。どちらかですよ。西洋のベッドみたいに家具になりきってないんです」

「なるほど」

「ふとんは寝るために敷くもんです。ベッドは寝なくても人目にさらしてある。あれは〝家具〟です。ところがふとんはそうじゃない。寝るとき以外にはかくしてあります」

「……ははァ」

「だから、写ってるのがエロでもグロでもなくても、とにかくふとんというものは見ただけでチカチカとくるものがあるんです。日本映画でふとんのあるシーンがでてきたら、ただそれだけでなんだかドキッとくるでしょう、ね、くるでしょう、ドキッと」

「そうだなァ、そういわれると、なんとなく」

「アレですよ、アレ。アレですよ」

というような一席のオソマツをブタれ、写真をとられて、二、三日してから送ってきたのを見ると、やっぱり書棚をうしろにおちょぼ口してカッとなっていた。やれやれ、これだけ本を背負わなければ歩けませんと、自分の頭のわるさを広告しているようなものではあるまいか。

たいていの場合、床から天井までギッシリ、ズラリと本のならんでいるところを見ると、反射的に憂鬱になってくる。何故だかうっとうしく、気が滅入り、見たくないものを見たという気持になる。以前は、よく、その気持を、ルーブル見学に関してヴァレリーが述べている「疲労」の表現で自分に説明したが、この頃では、なんだか、無能の証左のように思えだした。いつかイギリスの諷刺雑誌の『パンチ』を見ているとロナルド・サールの漫画がでていた。それは石器時代の図書館で、何万枚と数知れぬ石をまるで摩天楼のように積みあげた谷底で男たちがウンウン汗をたらして巨大な起重機をうごかし、一枚の石の板をとりだそうとして大わらわという図である。司書の老人にむかって少女が石机のむこうに背のびし、

「オジさん、童謡《マザー・グース》の本をだして下さいナ」

といっている。

私の感ずる疲労の一面をズバリといいあてられたような気がして、ふきだした。出版社の人に対して申訳ないのではあるが……

本を読むのに何故わざわざ隅っこへもぐりこまなければならないか。物心つく頃からずっと私はタヌキの真似をしてきたような気がする。小学生の頃は父の机のしたにもぐりこんだり、押入れにかくれたりした。べつに叱られたわけでもなんでもないが、そういう場所が好きだった。中学生になると勤労動員令に狩りだされ、飛行場のタコ壺壕や操車場の貨車のしたにもぐりこんだ。このときの理由の半分は憲兵や教師に見られたくないという用心からだが、半分はやはり、自分の嗜好からだった。高等学校の寮に入るといよいよ本格的に押入れに万年床をつくり、大学生になると、ふとんはほとんど自分の背中の皮みたいになってしまった。万年床にいないときはパン工場や英会話学校ではたらいていた。教室にはでたことがなかった。

また、子供の頃、私の希望は電車の運転手でもなければ陸軍大将でもなかった。ただ、もう、古本屋のオジさんになりたかった。彼ほど魅惑的な人物像なんてそうザラにあるものじゃない。オジ

さんは明けても暮れても本のなかで寝起きし、いついってみても紙と手垢の懐しい匂いのなかで手をのばしちゃあ本を読み、うとうとしちゃあ人から金をとる。火鉢を股の間にかいこみ、ドテラを着て、無精ヒゲもなにもかまったものじゃない。ときどきは赤ン坊のオムツを替えるのに途方に暮れたり、イワシを焦がして慌てたりしていることもあるにはあるようだけれど、まずは本に埋もれてマユのなかのサナギみたいじゃないか。うまくやってるな、それで暮せるんだから。古本屋にいくたびに私は眼を瞠る思いで彼の緩慢な一挙一動に見とれ、ずいぶん永い間、こんな美しいイメージはないと思っていたのである。いまの私の姿勢は、ひょっとすると、このときの感動（？）の後遺症なのかも知れない。

私の一人の友人は精神病医の卵であるが、あるとき私の話を聞いて、

「そいつァ、なんだナ、シキュウガンボーの一種だな」

といって、ゲラゲラ笑った。

よく聞いてみると〝シキュウ〟は〝子宮〟で〝ガンボー〟は〝願望〟である。人間は外界の圧力に耐えられなくなる恐怖からつねに母の胎内にさかのぼって隠れ保護されたいという潜在欲求がある。だから珈琲店をごらんなさい。みんな細長くて薄暗くて狭くて温かいじゃないか。御念の入ったのは壁にヌード写真を貼ってるじゃないか。そこへみんな、男も女ももぐりこんでお互いあたりさわりのない話をしている。アレだよ、アレ、君のは。

……というのが彼の説のあらましなのであるが、どうもこんな医者にはイジられたくないという気がする。もうすこし話が文学的になると、ある一人の友人は得たりやオウと、

「なんだ、シュッケトンセイの志じゃないか」

という。

〝出家遁世〟である。伊藤整氏の有名な逃亡奴隷と仮面紳士の立論である。〝鳴海仙吉〟である。古本屋。ドテラ。無精ヒゲ。イワシ。万年床。葛西善蔵。川崎長太郎。私小説。アレですよ、アレ。そうなんだ、逃げたがってるんだヨ、君も又。と

いうわけである。反射ばかり速くて、どちらもいやになってくる。本を読むのに立とうが寝ようが、そんなこと、どっちだっていいじゃないか。万年床は日本だけか。樽に寝ていたディオゲネスはどうなる。イヴリン・ウォーの『頽廃と崩壊』のオックスフォードの学生のベッドはどうだね。日本には細君といっしょに寝てチャラチャラ足からみあわせながら原稿書いた図太い非私小説派がいるよ。(……もっともこの人、作品の出来はあまりよくなかったが。)

さて。

そこで。

そうしてゴロンと横にならなければ本が読めないというのは私の癖であって、どうしようもないものであるが、そうやってなにをどのように読んだか、ということになると、たいへん説明がしにくくなってくる。あれもいいたいし、これもいいたくなってくる。もしも、なにをどのように読んだかの検証が《読書法》の一つなら、無数の本についいて無数の読書法があるということになってきて、どうにも手に負えないではないか。どう答えたらいいのだろう。私はE・H・カーの『カール・マルクス伝』の愛読者でもあるが、モオリヤックの『テレーズ・デケイルウ』の愛読者でもある。梶井基次郎の読者でもあるが、同時に魯迅の読者でもある。チェーホフに耽ったかと思うと、スノーの『中国の赤い星』にも打たれた。これはルポルタージュだけれど立派な文学である。簡潔で、活力に富み、苛烈悲惨な現実を見ながらユーモアを忘れず、十の力を一に使ったイマージュの鮮やかさが忘れられない。けれど、同時に、その私は、無思想、無理想の大空位時代、ロシヤ帝政末期のチェーホフのわびしい微笑にも共感するものをおぼえるのである。

こういう自分を軽薄だと思って、ある頃、私は腹をたて、中島敦の自嘲をそのまま擬し、愛想をつかした。自分が矛盾の束であることを発見して、しかもそのそれぞれの矛盾がどうにも拒みようがない密度をもって訴え、迫ってくる事実は認めざるを得ないので、とうとう、中島敦の言葉を借りると、そのような自分の愚かしさに殉じてその都度その都度の愚かしさの濃厚の度に応じて生きてゆくよりしようがないのではないかと考えたことがあった。そうではないか。カーの読者がなぜモオリヤックに打たれるのか。梶井基次郎のファンがどうして同時に魯迅のファンであり得るのか。スノーを賞讃するがなぜ言葉をひるがえしてチェーホフを賞讃するのか。〝矛盾の束〟という表現のほかになにがあり得ようか。

この疑問にはそれぞれの作家がその都度よこしてくる波のはげしさと熱さも相俟って苦しめられることがなかった。あるとき私はそれを〝若さ〟に帰した。若いということは病んでいるということだ。錯乱である。気ちがいに向ってどんな秩序が期待できようか。それからしばらくして、なおもこの状態がつづくので、私は考えあぐみ、その軽薄さを〝眼の純粋〟という考えに集約することにした。いいものはいいのだ、という考えである。この考えは私の自尊心を孤独に慰めてくれ、しばらく安住することができた。そのたびそのたびちがう波にぶつかってアタフタと動揺しながら私は鑑賞者を気どり、審判官を気どり、ペトロニウスを気どっていた。私の友人の一人はまだその頃、〝書鬱病〟にとりつかれないで、せっせと本を集めることに没頭していた。彼はブーキニストの衝動にとりつかれ、とりわけ版の珍しい本を集めることに熱病を晴らし、古本屋の間に〝若年寄〟としてその存在を知られた。私は風呂敷をもって彼の家にかよい、半可通の知識をふりまわして彼をそそのかして本をやたら買い集めさせ、同時に彼にそそのかされて半可通のままにめったやたら読まされた。そうやって一反風呂敷でかついできた本を狭い部屋へ夜ふけにぶちまけて紙魚《しみ》のように読んでいるうち、何度も、こんなに目移りばかりしてはいったいこれからさきどうなるのだろうという、得体の知れぬ恐怖におそわれて茫然とすることがあった。芭蕉にシュンとした自分が一瞬後には『カーマ・スートラ』にカッカッとなっている。キェルケゴールで消毒されたのがものの十分もたたぬ間にバートン版の『アラビアン・ナイト』にイカれてる。なんだね、こりゃ一体。考えれば考えるほど、いや、考えることそのものがこわくて、しかも体のなかにはそれぞれの本がそれぞれにのこした烙印がクッキリのこっており、そのことばかりは認めざるを得ず、さてそこで、俺《オイ》ラァ、オ化ケダーとつぶやいたところでどうなるというわけのものでもなく、なんだか裸電燈のしたでムラムラと胸苦しくなってパッとわけもなくたちあがることが、じつにしばしばであった。ペトロニウスはこんなに乱れたかしら。

　こういう状態がつづくうちに私はやがて、ナニモワカランという考えにたどりついた。愚かしさに殉じ、軽薄さに殉ずるという考えも考えてみればどうもあいまいであるし、〝眼の純粋〟というあこがれもいいかげんなものだ。ペトロニウス、粋判官《アルビテル・エレガンティアルム》、これもどこやら貧しさのコンプレックスの裏返しに似ていてその場その場の風まかせ、レセ・フェール、レセ・パセー、いい気なものだという気がしてきた。結局のところ、ナニモワカランのだ。すると、チェーホフか？

そうか？

それであってよいか？

なるほど彼は慰めてくれる。

けれど彼は、なにかを形成するか？

彼は彼であった。

けれど、オレは彼ではない。

では、どうすればいい？

　この悩みは消えるばかりか、いまでもますますさかんになって、三畳半の杉並区のはずれの小部屋にすわる私を夜ふけになっておそうのである。以前とおなじように私は自分を矛盾の束と考えざるを得ないでいる。以前よりいくらか賢くなり、つまり血液がいくらか減って、その減度に応じて矛盾は矛盾なりに、しかし、そこに一つの、ほとんど〝自然〟の律にもひとしい質をもってその矛盾を肯定させる秩序があるということをおぼろげに予測してはいるものの、しかし、やっぱり、苦痛は苦痛なのである。迷うばかりで、どうにもならないでいる。

（『私の読書法』岩波新書　1960）

『ガリヴァー旅行記』

素姓も知れず、名も知れず、まったく見ず知らずでどうつかまえようもない外国人と話をはじめて、相手の顔にうかぶ微笑からかろうじて彼の気質を察するには、酒と女と文学の話ぐらいしかないのじゃないかと思うことがある。外国語を話せても外国人はよくわからないし、外国に住んでもなかなか外国人は理解できないけれど、ある作家、ある作品の名をあげて相手の顔にパッとなにかの表情があらわれると、その瞬間ほど、相手の気質のなにかがつかめたと思うことはほかにない。そこからもう一歩つっこんでおたがいになぜその作家が好きなのかということを話しあいはじめ、〝批評〟を開始すると、混乱がはじまる。おきまりのやつである。いらだたしいスレちがいがはじまる。

チェホフは、ある心の世界のパスポートみたいなものだった。〝東〟の体制の諸国でも、〝西〟の体制の諸国でも、私の経験では、これほどみんなに知られ愛されている作家は、ちょっとほかに例がなかった。例によって意見はさまざまだが、好きだという一点では変らない。彼はけっして文学の〝鬼〟でも〝神様〟でも〝天才〟でも〝異常児〟でもなかったけれど、やっぱりたいへんな作家なのだと思わせられた。いままで自分の書いてきたことを考えあわせて、深く反省させられた。

ところが、チェホフとおなじくらいに私が好きでいるのにその名をあげてもちっとも関心を示してもらえなかったのは、スウィフトである。どういうわけかわからない。いくらうろうろと説明にかかっても、ほとんど相手の顔はうごかなかった。

『フランス・オプセルヴァトゥール』の兎みたいな少女記者も、チェコの娘さんもうごかなかった。ポーランドの文学青年は、いんぎんに微笑しながら、古すぎますよと一蹴してしまった。おれはなにかまちがってるのかしらと、心細くなりさえした。ここ数年、日本にいるときもチョイチョイ愛着を示してみせるのだが、誰も一向に話にのってこなかった。

おそらく少年少女時代に名作文庫かなにかで読んだきり諸君はそれでスウィフトを卒業したと思っておられるのではあるまいか。『ガリヴァー旅行記』の第三部と第四部、これほど栄養ゆたかで血も肉もついて、おもしろくてタメになる作品は現代ではまず入手不可能だと思うのだが、どんなものだろう。理性をめざしてひたすら渾沌のままつっ走るスウィフトの情熱を現代はまるで博物館のクジラの骨か、恐竜の骨のように眺め、古すぎますよなどとお粗末幼稚な批評で片づけてしまうのは、どうにも私には片腹痛い。文学はファッションショウじゃない。古いも新しいもない。進歩も退歩もない。わかりきったことじゃないか。

現代人や現代政治とくらべてヤフーその他の住人たちの汚濁と混迷がまったくそのままで、アテこすられ、思いあたるフシがあるからおもしろいということだけではなさそうである。そんなひくい安直なものではない。いっさいがっさいの人間をボロくそ、くそミソに嘲罵、批判して絶望に沈み、果てしない問いをだしながら、いっぽう理性の国、馬の国の清澄を描くことで解答をもあたえているから立派なのだというだけでもなさそうである。そのこと自体はたいへんなことではあるけれど、それだけではとてもあの魅力を説明できるものではない。いくらあれこれ考えて理屈をならべたところで、結局のところは名状しがたいふしぎさをくりかえしあたえられるばかりである。

スウィフトがどんな文学観を持っていたのか私は知らない。あるいは狂熱的な合理主義者としてやむにやまれぬ衝動から警世のパンフレットを書きだしてその結果がこの傑作として結晶したのであるのかも知れない。しかし、そういう想像や判断がこの作品の真の魅力の解明に、あまり力を持たないことは言うまでもない。スウィフトとチェホフを同時に愛読することを、ときどき私は奇怪に感じることがあるが、読みだせば二人ともすぐそんなことを忘れさせてくれる。とっくに現代で失われてしまったものを二人ともたっぷり持っているのである。

（『言葉の落葉Ⅱ』冨山房　１９８０）

マンガの神様・手塚治虫

ここ一週間ほど、私は毎日マンガ本ばかり読んでいた。傑作も駄作もおかまいなく、手あたり次第に読んだ。机や寝床のまわりに散らばっているのを積みあげてみると七十四冊になった。そのうち手塚治虫さんのだけでも二十六冊ある。

おかげで仕事らしい仕事はなにも手につかず、頭がすこしボウッとなった。おでん屋で人を待つあいだも徳利にマンガ本をたてかけて読んでいた。あまり夢中だったので、いくらか気味わるがられたらしく、

「お酒おくれ」

というと、

「いいんですか、お客さん」

おっさんがこちらの眼をしげしげとのぞきこむようにするので、薄弱者と思われかけているのがわかった。私はだまって千エン札をだして徳利のあいだにおき、おっさんを安心させておいて、マンガを読みつづけた。

忍者物、家庭物、宇宙物、少女物、チャンバラ物、野球物、柔道物、戦記物、西部物、ギャング物、三国志物、戦国物、ありったけ読んでみたが、九十パーセントまでが愚作、駄作、凡作、劣作であった。読後の感触はおびただしい浪費感と、ぬれたボロ雑巾で顔を逆撫でされたような気持だった。絵具と擬音詞のぬかるみに首までつかったような気がした。ガーッ。ダダダダッ。ギヤアオッ。ハッ。トウッ。ドカン。ギュウ。ボイーン。ピシッ。ヒヤアッ。ズズズズウン。ヒタヒタ。BANG! BOOON! ムギュ。ウーッ……

大人の世界で流行したものが半年おくれて子供

の世界で流行するのだそうだ。かならずそうなるという。柴田錬三郎や五味康祐の剣豪小説がヒットしてから『赤胴鈴之助』がヒットした。『ララミー牧場』があってから西部物が流行した。プロレスがあたってからイガグリ君が登場した。宇宙物がしばらく不振の時期があったがガガーリンで浮きあがった。子供マンガの作者は週刊誌をよく読んでなにが流行しているかを観察し、半年さきを目あてに作品を準備するようにしたら、だいたいまちがいがないとのこと。そして一つの流行は三年を周期として回転しているという。(文壇には十年周期説というのがある)

パルプ週刊誌が身のほども知らぬおごそかな口調でしきりに低劣マンガの流行に警告を発しているが、自分を切ることをとんと忘却つかまつっているので、お子様衆にバカにされるだけである。目苦素が鼻苦素を笑うという図ではないかと思う。私はもともとマンガ無害論者である。子供は吸収力が速いのとおなじ程度に排泄力も速い。忘れっぽいのである。弾力性に富んで新陳代謝がはげしい。劣悪マンガにひっかかってクヨクヨ考えこむのは、たいてい大脳皮質が象皮病になりかけた大人だけである。

御多分に洩れず私もマンガでうつつをぬかした。のらくろ。冒険ダン吉。タンクタンクロー。仔グマのころ助。団子串助。蛸の八ちゃん。長靴三銃士。夜も昼もなく読みふけりアメ玉やメンコ(大阪では〝ペッタン〟といった)と交換に友達を口説きおとすのに苦心工夫をこらしたのである。けれど、現在、私の内部にそれら愛すべき空想と行動と哀愁の小英雄たちがどれくらい影をおとしていることだろうか。

むしろマンガの影響がのこらないということをこそ嘆きたいようなものである。子供マンガの影響が大人になってものこるくらい澄明な社会でこそマンガの善悪についての議論が空論でなくなるだろうが、現代日本ではほとんどとるに足らないことではないかと思うのである。よいマンガも悪いマンガとおなじように泡となって消えてゆくのだから、困るのではないか。どの国のどの時代でもマンガは一種の〝時代の歌〟とでもいうべきものであろう。傑作であれ劣作であれ、読者にほとんど爪跡や後遺症というものをマンガはのこさない。とどのつまりマンガは作者の血と汗にもかかわらず〝読みすて〟られる。

東京を震源地とする劣悪マンガの大津波に日本の子供は砕かれ、流されてしまっただろうか。パルプ週刊誌や象皮病教育家たちのおごそかな糾弾にもかかわらず、ここに一人、手塚治虫さんは十数年間たえず選ばれつづけた神様であった。無数のけたたましい泡の群れのなかで、彼は消えることがなかった。つねに求められ、選ばれ、投票されつづけてきた。この事実が、なによりも雄弁に子供の軽薄きわまる嗜好の変化のうらにひめられた鑑賞力と識別力の鋭敏さを語っているように、私には思えるのである。

子供マンガの人気の消長というものは大人の文壇や画壇や学界とちがって、作者の資質と実力だけがモノをいう世界であるらしい。むきだしギリギリに純粋で冷酷であることは勝負師やスポーツ選手とおなじである。おつきあい、先輩後輩、義理人情、出版社に対する思惑、仲間ぼめ、肚芸、打算、挨拶、文士劇、ゴマすりなど、にやにや脂ぎって酒臭くヤニ臭い、あるいはキラキラと澄んで速くうごく利口な眼ざし、博学、同情、気まぐれの暗示など、なにひとつとして通用しない。たった一つのキメ手は子供が買うか買わないかということ。それだけで決せられる。目もなく耳もない、多頭多足の子供大衆という怪物が相手なのである。猥雑で、軽薄で、冷酷でまったく自由であり、鋭敏である怪物である。それを相手に十六年間たえず首位を占めつづけてきた手塚さんの何十万枚という努力は私などには異様なものに感じられる。〝天才〟というほかないのではないか。(『ジャングル大帝』七巻だけでもじつに十六万枚になるのである!……)

彼の作品を二十六冊もまとめて読むのは、はじめてのことであった。子供が友達から借りてきたものや床屋や医者の待合室などにころがっているものなどをちょいちょい盗み読みしておぼろげに楽しいものだと思って感心していたのだったが、今度通読してみて、あらためて感嘆させられた。そしてまた、ほかの無数のマンガと読みくらべてみて、どれだけ彼が傑出した人であるかということもよくわかった。

『ジャングル大帝』、『0《ゼロ》マン』、『ロック冒険記』、『ナンバー7《セブン》』、『宇宙空港』、『白骨船長』、『狂った国境』、『おれは猿飛だ!』、『鉄腕アトム』、そのほか、いくつとなく彼の長編を読んでみると主題がつねに一貫していることに私は気がつく。

それは、ひとことでいえば〝対立〟である。強国と強国、強民族と強民族、人間と機械、文明と文化、原始と現代、機構と個人、空間と時間、人口と面積、理想と現実、科学と道徳、父と子、すべてのものがそれぞれの衝動において局部肥大して対立しあい、抗争しあう。核実験競争や、国境紛争や、クーデターや、資本の謀略や、陰謀者同士の内部分裂や、人種偏見や、未来時代の楢山や、官僚主義や、独裁制や、奴隷制や、植民地収奪などがさまざまのイメージを変えつつこの〝対立〟の表現となってあらわれてくる。つねに対立と機構は避けようなく陰謀と打算を生みつつ肥大し、発展し、破局的な大衝突にいたる。

人類はついに賢い愚行の果てに自滅しあうであろう。強者はつねにたがいを試《ため》しあってたがいに殺しあうであろう。そして小さな中立者をもかならずその破滅の淵にひきずりこまずにはおかぬであろう。変れば変るほどいよいよおなじである。ノアの洪水時代も、鬼子母神の古代インドも、イソップのギリシャも、つねにおなじであった。一九六〇年代も、未来もまたおなじであろうか。

彼のマンガは複雑怪奇きわまる冷戦と軍拡競争と謀略と植民地主義と大量虐殺の大人の二十世紀をそのまま描きだすのである。要素化し、単純化し、奔放な空想において黙示録の破滅を描きだす。そして大破滅の瞬前か瞬後かに、ごくごくひとにぎりの子供や動物や人間の弱さに価値をおく科学者などが危機一髪、地球を脱出して新しい衛星に向うか、陰謀者と機械の群れを破壊するかで、九死に一生の救済を得るのである。誇りと偏見と機械とにとりかこまれた大人たちの硬直の世界のなかで、子供たちはつねにシジフォスの役を負わされる。たえまなくころがりおちつづける石を山頂へ運びあげようと永遠の徒労をかさねつづける、優しい心を持った、孤独な苦役人が手塚治虫のマンガの主人公である。チャプリンや、ハックスリーや、オーウェルなどを読むように、私は彼の漫画を、眺め、また、読む。

人種偏見のない世界、国境のない世界、資本の謀略のない世界、人を殺す機械のない世界、人を殺す理論のない世界、階級のない世界、国家のない地球、小国の積極的中立主義の生きる世界、誇りの硬直のない世界、愚者と弱者が賢者や権力者や強者と同格で肩を並べられる世界、寛容と同情の世界、それが彼の主張する世界像なのである。お読みになってごらんなさい。大人の世界では石器時代以前にとっくに御破算になってしまったこれらさまざまな理想の言葉を彼がどれだけ率直に、簡潔に、むきだしに、誰憚ることなく、機智と哀愁と人生智をもって語っていることか。

私たち〝大人〟が複雑さと分裂に疲れ果てて率直に語る勇気を失ってしまったことを彼は一人で子供マンガの世界でぶちまけているのである。子供マンガの世界でしかそれらが述べられていないという事実に私たちはあらためて自身の象皮病の深さを発見するのではないだろうか。両親や兄姉たちが口ごもって答えてくれないことを彼一人が子供たちに答えてやっているのだ。しかも大人の言葉で、本気になって、親身で、うちこんで、答えてやっているのである。そしておどろくべきことには、じつに十六年間、何十万枚となく、えんえんと彼は一貫して描きつづけてきたのである。剣豪物ブームだの、柔道物ブームだの、忍者物ブームだのという泡の群れとはなんの関係もなく、ただ彼は、中野重治風にいえば、〝もっぱら腹の足しになる〟、そして大人たちが慢性下痢を起してただくだしにくだしてしまっているところのものを、この世の原理原則というものを、汗水流して描きつづけてきたのであった。

以上は私が読んだ彼の二十六冊の本（彼の全著

作ではない）について、その主題の発想であり、骨組であり、構造である。けれど、この世には、美しい感情をもって書かれた退屈な作品というものも無数に存在するのである。手塚治虫の感情がどれほどすぐれていても彼の描く線や色の意味が理解され、すぐれていなければ、どんな立派な思想もレントゲン写真の骨格見本でしかないだろうと思う。

子供たちが彼のマンガを選ぶのはこの世界の現状についての大人たちの説明のいいかげんさに絶望する気持と、もう一つは、彼の描きだす線そのものの持つ楽しみや、くつろぎや、機智や、爽快さからなのである。

この部分はつねに説明不十分で、暗黙のうちに理解されており、〝批評〟では重視されず、愛着の最初のものであり最後のものでありながら、誰も口にだそうとしないものである。教育家たちの批評のしらじらしさは、たいていそこからでてくるようである。人間をレントゲン写真で眺めて鬼の首でもとったみたいな気持でいるいい気さかげんが、私をしらじらしくさせ、バカバカしいとも思わせてしまうのである。

彼とならぶ人気を持つといわれる白土三平の『忍者武芸帳』や横山光輝の忍者物や石森章太郎の作品などとくらべてみると、クッキリとめだつ相違が一つある。三平は荒乱陰湿、光輝は流暢明快、それぞれの差がある。ウデの上下はしばらくおくとしよう。けれどこれらの人びとと治虫の描きだす線とのあいだには、クッキリとめだつ一つの相違がある。それは、ひとことでいえば、「ユーモア」である。手塚治虫は線そのもののなかにすでにユーモアを持っているのだ。ほかの人たちは、ほかのダイナミズムとか秩序感などで彼よりすぐれた美質を部分部分で持ってはいるものの、この一点をまったく欠いている。私にいわせれば「ユーモア」の感覚は人間の本能の知恵なのである。この知恵を汲むことのできない人びとは、ほかのあらゆる美質にもかかわらず私を和ませないことで能力ひくく洞察力またひくい人であると思わせられる。ユーモアは現象を分析すると同時に一瞬に総合して批評の決裁をくだす知恵である。手塚さんの描く線にはどの一瞬にもそれがこめられているので私はうっとりしておでん屋で我を忘れてしまったのである。くそまじめな日本の陰湿な風土ではこれがひどく育ちにくいこと、文学界、学界、すべて同様である。

（まじめであることと、くそまじめであることは全く別物である。これがあまりにしばしば混同されるので私は憂鬱である）

手塚治虫さんがマンガを発表しはじめてからもう十六年になる。この十六年間に日本の子供たちは何十人のマンガ家を生み、育て、殺していったことだろうか。その貪欲さと軽薄さはこれに乗じて失敗したり成功したりしたアミーバー状脳細胞の出版社員の嘆きや畏れとおなじである。子供は冷酷である。けれど、それと同時に、つねに彼を選び求めてきた、大人に犯されない嗅覚の鋭さという一点で私は拍手を送りたい気もするのである。低能マンガは華々しくバカバカしい。けれど、ついにそれらは、泡にすぎないのだ。子供のほうが大人よりよく知っているのだ。

手塚治虫さんよ。

ガンバッてくださいね。

誰も眼をキョロキョロさせて口にだすのをはばかっていることをあなた一人が叫んできました。地上にあなたの世界はしばらくありませんけれど、叫ぶことはやめないでください。

あなたは儲けることをあまり考えないで儲けてしまったのですけれど、そんなこと、どうでもよろしい。昔のような作品をどんどん書きつづけてくださいね。あなたは私に会ったとき、〝もう筑波山の上から見おろしているような気持ですよ〟と早口にマンガ界の現状に対する自分の位置を述べましたが、そんな老けたことはいわないでください。

私は自分の子供にあなたの作品を読むことだけすすめたのです。

（『ずばり東京（上）昭和著聞集』朝日新聞社　１９６４）

旧開高宅である開高健記念館の書庫には、手塚治虫のマンガが複数所蔵されている。『ブッダ 第1巻〜第8巻』(潮出版社 1987〜88年)と『鉄腕アトム』(光文社 カッパ・コミクス 1964〜65年)はその一部。『鉄腕アトム 13巻』には、開高による「アトムと私」と題したエッセイも掲載されている。

続・読む

子供の頃のことをふりかえってみると、腺病質でなくなったとか、偏食癖がなくなったとか、どこでも寝られるようになったとか、夜なかに一人でトイレへいけるようになったとか、いろいろな変化が数えられるのだが、いっこうにあらたまらないこともまたいくつかある。そのうちの一つが読書癖である。本で夜ふかしをする癖は昔も今もまったく変ることがないし、枕もとに何か本が一冊以上ないことには不安でならないのもまったくおなじである。家にいるときもそうだし、旅館にいるときもそうである。東京にいるときもそうだし、外国にいるときもそうである。一昨年、一五〇日ほどサイゴンで暮したときは、読みものがなくなることを恐れて小倉百人一首を持っていったが、深夜に一枚一枚カードを繰って読んでいると、懐しさにしばしば胸をつかれて茫然となった。正月に明るい灯のしたに端座して朗々と読みあげていた叔父の声や、妹や従弟たちの歓声や、床の間の重箱の青貝と漆の荘厳な輝やきなどがいきいきとよみがえって、果てしがなかった。

大正八、九年頃の永井荷風のエッセイを読みかえしてみると、例によって眼にふれるものことごとくに白眼を剝いて嘲罵をひりかけているのだが、花鳥風月と、師及び師と仰ぐ少数の人物にたいしてだけはまるで人が変ったような口調で讃仰を捧げている。それと、書物ならびに酒である。ひとり暮しに欠かせない無二の伴侶は書物と酒だとして讃美の言葉を書きつらねているのである。その無邪気なまでのうちこみかたのうらには孤独が氷雨のようにたちこめていて、いま読みかえしてみてもうたれるものがある。じっさい、いま、ふいに書物という書物が嗜紙菌というような妙な菌に食われて消えるというようなことが起ったら、いったいどうなることか、見当のつけようもないので、ある意味では困ったことだと思うことがある。書物の好きかたのなかにはどうしても病気ではないかと思いたくなるような兆候もまざまざと見うけられるのである。ある書物を読んだがために認識や感性が変って人生が一変するという例は昔からしじゅうあるのだから、〝覚悟〟も必要なわけである。いつかの回に私自身の造語だけれど〝字毒〟といって文字には多量の毒が含まれることもあるということを書いたと思うのだが……

こうして子供の頃から読みつづけてくると、いつのまにか、不思議な〝プロの勘〟といっていいものが身につくようになり、いちいち中身を読まなくても、本を手にとっただけで、何となくわかるようになってくる。手にしただけで何となく、これは読んだほうがよさそうだなとか、見かけは立派だが中身は意外につまらないのではないかとか、いろいろなことを一瞬のうちに感ずるものである。つまり本にも〝匂い〟があって、香水瓶は栓をとらないとわからないけれど、これはいつも栓をとった状態でそこにあるのだ。その匂いが第六感でヒクヒクと嗅ぎわけられるようになってくる。本は、だから、読むまえにまず嗅ぐものであるわけだ。

つぎに本は、読むまえに、見るものでもある。パラパラと頁を繰ったときに字の行列のぐあいを一瞥すると、かなりのことが見えるものである。つまり、頁は画でもあるのだ。それが読むまえにちょっと見えるようでないといけない。活字の字母が一箇ずつブラシですみずみまで磨きぬいてあるような、そういう字ばかりを植えこんであるような印象が一瞬、眼にとびこんでくるようだと、これはまずまずイケルと判断してよろしい。すぐれた頁というものは、読んでいると、にわかに活字がメキメキとたちあがってくる。そういう気配がする。それが感じられるし、眼に見える。また、すぐれた行や語にさしかかると、とつぜん頁のそこに白い窓がひらいて、林でできたばかりの風が流れこんできたり、陽の輝やきのようなものが見えたりするものである。そのとき起る光景は人によってさまざまだが、書かれてある内容の光景がそのまま見えることもあり、まったく無関係の光景が出現することもある。ひょっとするとそれは私たちの〝下意識〟と呼ばれるものが顔を覗かせたのかもしれないが、いずれにせよ、何かがまざまざと目撃されるような本でないといけないのである。本は読まなくても何かが見え、読んでも何かが見える。見える本であること。そこである。

　本の〝匂い〟のことを考えると、いつも、いったいあれはどこからくるのだろうかと、不思議な気がする。著者が全力投球をしている場合、その球が空を切って飛んだあとにのこる谺《こだま》のようなものがその〝匂い〟なのだろうか。そこを完全に理解し、共感し、著者なみに挺身して本をつくった編集者や造本家の、ああでもない、こうでもないと選択に苦しんだ神経のふるえがそれなのだろうか。またはその人たちが雷にうたれたように啓示をうけて何かをまざまざと目撃し、一瞬で、コウダ！　と決断を下した、その速度の軌跡がそれなのだろうか。さまざまなことが口にだしていえそうだけれど、同時に、円周率のように、ついにわからないとつぶやくよりほかなさそうでもある。いちばん愉しいのは自分の嗅覚の正しかったことが読了後に判明したときで、室内にすわって現場調査にでかけないで犯人をいいあてる名探偵になったような気がしてくる。

　全集や文庫版など、一定規格のサイズとデザインにおしこめられた本からは〝匂い〟がたちにくい。むしろそれは〝匂い〟で評価するよりは、家具や置物の一つとして評価すべき筋合いのものかと思われる。それはそれでいっこうにかまわないのであって、いい雰囲気の分泌される家具かそうでないかを感じとっていれば、またべつの愉しみもあるわけである。ちょっとした冒険家や、探鉱者や、探偵や、鑑定人のスリルを感じたいとなれば、やっぱり、新刊だろうと古本だろうと、単行本によるしかない。わが国には大・中・小、無数の出版社があり、なかにはいい本をだしていながら表現力に欠けるか、資金に欠けるかで、つまらない、そぐわない装丁になっているところもある。こういう場合は〝匂い〟の第一撃が鼻にきにくいものだから、読んでみるよりほかないのだが、たまにオヤオヤと眼をこすりたくなるような名品に出会うと、わが未熟を恥じて謙虚にならされたり、世のなかはわからないものだと思いを深められたりする。

近頃の私は新聞の広告を見て新刊本を買う習慣がつき、新刊書店へでかける習慣を失った。いちいち本を見なくてもわかるという名人の心境に達したからではなく、憂鬱からである。バルザックのある作品に登場する人物はモンマルトルの丘にたってパリを見おろし、おれに征服されるのを待っている都だと感じこむのだが、昔、まだ若いとき、そしてたまたま気力のある日に広い新刊書店へ入っていくと、私はみずみずしい昂揚をおぼえることがあった。それはしいて短い言葉に濃縮してみると、ここにある本という本を読破してみせるゾ、ということになるかもしれない。けれど、いまの私には、そういうけなげな稚気がどこをさぐっても指さきにふれてこない。新刊書店に入っていって無数の色と、字体と、著者名の羅列を見ると、オレが、オレがといっせいに口ぐちに叫ぶ声が大きな駅のようにこだましあい、ひびきあっていて、ただそれだけのように感じられ、いいようのない威迫と憂鬱をおぼえてしまうのである。だから、どうしてもしようがなくて新刊書店へいくときはめざす本のあるとおぼしき書棚のところへわき目もふらずにいって本をぬきだし、そのままソソクサと金を払って店をでていくことにしている。

若いときはむしろ私には新刊書店よりも古本屋のほうが威迫と憂鬱で恐しかった。ことに老舗の大きな古本屋へいき、床から天井までギッシリと積みあげられた書物のそそりたつ崖肌を見あげ、これらの本がことごとく一度は誰かに読まれたことがあるのだと感ずると、いいようのない劣等感を抱かせられた。たたかうまえに敗走する兵士の挫折をおぼえさせられたものであった。けれど、いまではそれが逆になったようである。古書店へいって、手垢や傷でくたくたになった書物の顔を眺めていると、懐しさともつかず、共感ともつかない、奇妙な親和をおぼえて、こころなごむのである。

近頃の古書店の多くは新刊本のゾッキ屋と呼んだほうがいいような軽躁さにみたされているけれど、それでも新刊書店よりはるかに私には長い時間を佇んですごせる場所ではある。いずれもかつては軽薄にか、荘重にか、謙虚そのものにか、ケレン味たっぷりにか構えていた人物たちが現世にもみくちゃにされて傷だらけになってこういう倉庫じみた薄暗いなかに息をひそめて並んでいる。豪富をもたらしたかもしれないかつてのベストセラーも、著者とその老妻がお茶漬一杯を食べられただけかもしれないノン・ベストセラーも、ここでは同格である。古書店の店内に漂よう無言の権威蔑視のあの冷ややかな、くたびれた優しさの雰囲気が私は好きである。

こういう廃坑で名金を掘りだす愉しみとなると、これはちょっといいようのない、しみじみしたものである。あなたが下らないと思う本がもてはやされて夏のビールのように売れる風潮にもしガマンができなくなったら、古本屋へいくことです。血圧をさげるのに卓効があります。古本屋は、また、本の背を眺めているだけでみごとな風俗史、時代史、精神史を感じさせられる場所なのだから、ちょっと現存の苦悩を超越したくなったら、ぜひおいでになることをおすすめします。いい古本屋へいったらここにこそ人類永遠の無政府主義の理想の一片が具現されているといいたくなるほどです。

いつだったたか、古本屋に、戦前に出版されたヒトラーの『我が闘争』が一冊あって、なにげなく頁を繰ってみたら、全頁ことごとくといってよいほど赤鉛筆で線が引いてあったり、書きこみがしてあったりだった。そのことに興味をひかれて書きこみだけを眼で追ってみると、持主は当時おそらく貧しい、鬱々とした青年であったらしく、いたるところに『そうだ！』とか、『そのとおりだ！』などと書きこんである。ヒトラーが自分の半生を回顧して貧民窟と、戦場と、街頭で人生を形成してきたのだということを綿々と述べているあたりはとくに濃く赤くなっていて、『要は人生、意志だ』とあったり、『歴史は鉄と血でつくられるのだ』とあったりする。

さほどイデオロギー臭のある書きこみがないところを見ると、この青年はヒトラーの成功ぶりに心酔、共感していて、ナチズムの信奉者であるとは思えず、デール・カーネギーの本にもおなじように熱狂したかもしれないと思われるふしがあった。しかし、それはそうであるとしても、当時の日本の都会のどん底で、貧しくて大学にもいけず、ろくな会社にも就職できず、あてどない憎悪と絶望にまみれて日を送っている若者の心情はまざまざとそこに渦巻いていることが感じられ、古本をかいま見たのではないような胸苦しさにみたされて私は店をでた。もしたくさんのレポーターや史学者の書くとおりであるなら当時ドイツでヒトラーを支持した青年層はおびただしくこのような人びとだったのである。

昔、熱狂したり、衝撃をうけたり、頭があがらないほどの感動を浴びせられたりした本を数年後、十数年後、数十年後に読みかえしてみるのはいい鍛錬になる。たいていのそういう本は一変していて、なぜこれにあんなに感動したのか、なかにはまさぐりようもないと感ずるまでに変っているのもある。ただ読みすすむうちに当時の自身がありありとよみがえる懐しさがあり、それが擬態の情熱をにじんでくれるが、郷愁はやっぱり郷愁であって、発見ではないのである。ただ、書物ほど容易に、優しく、謙虚に、過去の自身を見せてくれ、辿りつかせてくれるものは他にあまりないから、こういう本はどんなことがあっても売り払うわけにはいかないのである。もしそういう本について新刊本とおなじように批評を書かねばならないとしたら心苦しいことであろう。現在その書物からうけるのは昔別れた恋人とたまたま出会って聞かされる回顧としての告白なのだから、それから批評文をぬきだすのはひどくむつかしいことになるし、なかなか楽ではない手つづきが工夫されねばなるまいから、ソッとしておくにこしたことはない。

折紙つきの〝名作〟を読んでみて途中でほうりだしたことが何度あるかしれないという事実を思いあわせてみると、《桶はそれぞれの底でたつ》とか、《人めいめいに趣味がある》としかいいようがない。また、読んでいるうちはまぎれもなく〝名作〟とうめきたくなる感興に誘われるままだったのに読みおわってからふりかえってみると、たわいもない一言半句、それもテーマや物語の展開などと何の関係もない一言半句しかおぼえていないことに気がついて、茫然となることもある。

しかし、一言ものこらず、半句もないという本がどれだけおびただしいかを考えれば、それはやっぱりちょっとした作品だったのである。その一言半句のために数百頁、数十万語が費され、煮つめに煮つめたあげくのさいごのものがそれだったわけで、たとえそれがたわいもない一言半句だからといって捨てることはならないのである。それを捨てれば同時に数十万語も捨ててしまうことになるのだから、そこに気がつくと、たちすくんでしまうのである。それから、よく読後に重い感動がのこったと評されている〝傑作〟があるが、これは警戒したほうがいい。ほんとの傑作なら作品内部であらゆることが苦闘のうちに消化されていて読後には昇華しかのこされないはずで、しばしばそれは爽やかな風に頬を撫でられるような《無》に似た歓びである。作品内部での不消化物が読後の感動ととりちがえられて論じられる例があまりに多すぎるので、そんなことも書きとめておきたくなる。

（『白いページ』潮出版社　１９７５）

あまりにもそこにある
ディストピア文学管見（抜粋）

川端香男里氏の訳業と紹介のおかげでザミャーチンの『われら』が読めるようになり、これでウェルズとハックスリーをつなぐ輪が見つかったような気がします。ハックスリーはザミャーチンを知らずに自身の作品を書いたと主張しているそうですが、私にはそれはさほど気になりません。作品の群れを縫いつないでいく一本の赤い糸が切れてなかったと知るだけで〝発見〟なのです。それをザミャーチンによって教えられたと知るだけで十分だったわけです。ウェルズ↓ザミャーチン↓ハックスリー↓オーウェルとたどっていけば輪のつながりは完成されたようなものです。ウェルズも、ハックスリーも、オーウェルも、ディストピア作品はとっくに読むことができましたが、ザミャーチンは永いあいだ読むことができず、ときたま名をささやかれるぐらいでしたから、その渇を消してくれた川端氏の努力と功績は高く評価されるべきでしょう。

ユートピア物語とディストピア物語をくらべてみると、いくつかの相違が構成にもあるし、発想にもあります。その相違は作者たちの現実感覚や現実に臨む態度の相違に直結するものです。ユートピアにたどりつくには読者は本をひらいてから航海の準備にかかるか遠い旅や山登りの支度にかかる挿話を読まねばならなかったのですが、ディストピアはぶっつけ本番です。開巻冒頭の第一頁、第一行から読者はそこにおかれるのです。ディストピアはもともとすでにそこにあるのです。現実として提出されているのです。《ユートピア》という言葉自体には《どこにも存在しない国》という原義があるのだそうですが、ディストピアは彼岸ではなくて此岸の、白昼の現実として読者につきつけられる。これが決定的な相違の第一。第二は共同体感覚の相違です。ユートピア物語を読むと、どんな国であっても小さな村の物語だという感覚がつきまとうものだとさきに書きましたが、こちらではまったく逆になります。物語は世界そのものを国家としているか、世界を二分するか三分するくらいの超大国、または超々大国で進行し、そこでの個人の物語は真空管のなかでの呟きに似たものです。真空管か、そうでなければ独房、そうでなければ流刑地の野原での呟きに似たものです。第三は指導者原理に関するものですが、どのディストピアにも一人の最高指導者がいて、ときには〝恩人〟(『われら』)、ときには〝世界総統〟(『すばらしい新世界』)、ときには〝偉大な兄弟〟(『一九八四年』)などと呼ばれていますが、のべつにその名が書かれているにもかかわらず肉性らしきものをほとんど帯びず、果して実在するのかしないのかもわからないような、まさぐりようのない存在であって、人格神というよりは物神であるような存在だということ。以上少くとも三つのことが何から何まで相違するのですが、ここに一つ、ユートピア物語とディストピア物語の両者を通じ、古今東西といってよいくらい一致した共通点が一つあります。女です。女らしい女がどちらにも登場しないのです。ラブレェもユートピアンだったのですが、〝オドール・ディ・フェミナ(女の匂い)〟がまったくないという批評がすでに早くからあるとおりです。オンナを書かないでこの地上の物語を書くのは不可能だから、ユートピア作家もディストピア作家もそれぞれ作品のなかに女を登場させているし、たいそう重大深刻な役を演じさせてはいるのですが、彫りあげかたがまことにぞんざいで、とってつけたみたいだというのが特長です。組織悪や、イデオロギー地獄や、観念の悪夢を描くことにかけてはあれほどの才と冴えを見せるこれらの作家たちがこれはまた十人が十人ともといってよいくらい女が稀薄にしか書けないのです。オンナが書けないようでは地獄もおぼつかないものになるのではあるまいかと私は危惧するのですが、ひょっとするとこれらの作家たちはよほど女に苦しめられたか、絶望するかであって、ヘトヘトになり、ペンをとったときにはもう自分の抽象思考を述べるだけで精いっぱいというありさまだったのではあるまいかなどと、ちょっと阿呆な想像をしてみたくなります。おそらくオーウェルはこの点について反省するところがあったのでしょう。『一九八四年』は他のディストピア物語よりもずっと密接に女に寄り添ってペンが進められていて、欠陥の多いこの作品にその部分が貴重な一滴の光や重錘を配っています。

　輪を一列に並べてみます。

『われら』　一九二七年刊

『すばらしい新世界』　一九三二年刊

『一九八四年』　一九四九年刊

　いずれもが現代の、あるいは来たるべき全体主義体制と新しい奴隷社会の研究であるわけですが、本質的な構想はことごとくといってよいくらい『われら』に展開されています。人民の管理のされかた、指導者の扱いかた、セックスの扱いかた、主人公の叛逆のしかた、これらの重要などの点でもこの作品は先行しています。のみならず、社会主義体制の批判という点では絶対神ともいうべきレーニンに敢然と矢を放っていて、はるか後のソルジェニーツィンをすら先取りしているのには眼を瞠らせられます。スターリンは罵るけれどレーニンには何人も手をつけないという習慣が久しきにわたってつづき、おそらく今後もつづくでしょうが、一九二七年という時点でその神聖伝説をソヴィエト国内で潰したザミャーチンの盲勇といってもよいくらいの大胆さには愕かされます。

　ザミャーチンは、しかし、社会主義体制を批判しただけではなく、機械文明そのものをも返す刃で切ったのであって、その作品を今読んでもけっして古く感じられないのは、表現主義派の文体の作品がしばしばきらびやかな空騒ぎと感じられることを思いあわせると、稀れな例の一つと思えます。鋼鉄とガラスでつくられたこの作品の舞台の首都はいっさいの自然を壁のかなたに追放していますが——あるいは自然に侵透されるのを食いとめていますが——こういう光景は現在のニューヨークや東京をはじめ、あらゆる国の首都で見かけるとおりだし〝壁〟といわれたらすぐにベルリンを思いおこすことができます。国民に番号をつけ、異端者を蒸発させ、集団ヒステリーの大合唱や大集会をやることなど、この作品のあちらこちらにある光景は、今日、現実に私たちが見聞するとおりです。彼にはどこかしらベルト・コンベアーに乗ったドストイェフスキーと呼びたくなるようなところがあります。彼の空想と予言は着々と実現されつつあるのです。叛逆心は想像力から分泌されるのだから人民を幸福にし、〝完全〟にするためには想像力のための脳床を切除すればいいのだという指摘も私たちには突飛とも感じられず、事新しくも感じられないのです。異端者を精神病院に入れて何事かをおこなうらしい国についてのニュースは日頃からよく聞かされるとおりです。

量産、画一、平均化、過保護、条件反射、完全化、これらの〝近代〟をザミャーチンよりさらに拡大し、精緻にしたのが『すばらしい新世界』ですが、この博識なディストピアンが予想した〝幸福〟もまた、あちらこちらで、不幸にも着々と登場しつつあり、実現しつつあり、日常化、常識化、習慣化しつつあります。古来から諷刺は極大化か極小化、巨人化か矮人化の筆法によって効果をあげるものですからハックスリーはその伝統にしたがっていささか誇大に書いただけのことで、事態の本質についての彼の透視力は狂っていません、国家と世界総統と科学と計画生産と安定化に保護されていっさいの欲望が充足され、不安や激情や不幸や危機などという混沌の迷蒙を感知する能力をはじめから奪われているこの新世界の住民の横顔はザミャーチン国の住民にそっくりですが、その不幸な幸福を描くハックスリーの辛辣さはなかなかのものです。暗澹たるホガラカを表現しようとした彼の目的はまず達せられたといってよいでしょう。けれど、いっぽう、ザミャーチン国もハックスリー国も透明な抽象性のうちに描かれているということがあり、それが読者にある安心と余裕をあたえてくれます。あちらこちらで思イアタルコトバカリダと読みながら呟いて不安になりながらも、やっぱり、コレハ小説ナンダと呟いて安堵できるのです。それに止メを刺したのが『一九八四年』です。飢餓、不潔、嘔吐、汗、尿などについてオーウェルは窒息的な描写力をもって前二作に欠けている肉感、肉性を頁のなかに持ちこんだのでした。イギリス人に独特のむっつりとした粘り腰で彼は細部に食いつき、読者から最後の安堵感を奪ってしまったのでした。ディストピアンとしての彼の功績の第一はここにあります。発表当時、バートランド・ラッセル卿でしたか、毒薬の瓶のように貴重だという意味の呟きを洩らしたそうですが、正確です。

いまや挙世滔々として
肉体を殺戮し、霊魂を救済する
新発明に熱中している
しかも人道博愛の善意に燃えつつ。

この地上に至福千年のユートピアを築こうとして逆に地獄を生んでしまう永遠の背理の《人間の条件》をバイロンは詩でそう嘆いたのでしたが、『一九八四年』にはぴったりのプロローグとして掲げらるべきでしょう。ただしオーウェル国では〝人道博愛の善意〟は一粒の芽ほども見つかりませんが……

もともと私はオーウェルの熱心な読者ではありませんでした。戦後、まだマッカーサーの占領軍政下にわが国がおかれて、すべての出版物にGHQの許可を必要としていた時代に吉田健一氏の訳で出版されたこの本を読んだことはありますが、朦朧とした凄惨の記憶がのこされて漂っているきりで、作者については何も知らないで日がたちました。しかし、三十歳から諸外国をほっつき歩き、さまざまな見聞をかさね、ことにコミュニストやコミュニズムについてはヴェトナム戦争の非情と酷烈を目撃したり、ジャングル戦に従軍したり、西ベルリンや東京でチェコから亡命してきた知識人と会って告白を聞いたりしているうちにこの作家のことがひどく気になりだしたのです。それで、ペンギン叢書などに入っている作品やエッセイ集などを買いあさって読みにかかったわけです。この人は書斎の作家ではなくて圧倒的な事実があればいちいちその現場へでかけて沈潜してみずにはいられない気質の持主で、炭坑へいって地底で働いてみたり、パリの貧民施療院に入ってみたり、スペイン内戦では人民軍側に投じて銃をとって山で戦って致命的な負傷をしたり、といった半生なのですが、『一九八四年』の前半を貴重なものにしている苛酷な細部のみごとな描写はそういう過去に目撃し、経験したものの分泌物というか、果汁というか、まさに刻苦の産物なのだと知らされます。『一九八四年』は架空の未来小説という形式をとっていますが、作者は喀血をこらえこらえ一つの実践として、参加としてこの悲痛な抗議を書いたものと思われます。へとへとになって作品を仕上げ、完成とほぼ同時に死んでしまいます。『動物農場』はうまくいったけれどこれは失敗作になるだろうと自分で濃く予感しつつも、最後の最後まで走りつづけずにはいられなかったわけです。

たしかに『動物農場』は成功でした。文学が政治を扱うと、どういうものか、成功はごく稀れで、ほとんどがのっけから失敗するものと覚悟してかなければならないのに、これはおそらく動物寓話にしたせいでしょうが、やすやすと至難を克服しています。プルーストやジョイスのあとの西欧文壇でこれだけ徹底的に先祖帰りした素朴を書くには、背後によほどのしたたかと熟考がなければと思いたいところですが、革命は成就後にいつとなく変質をはじめてやがてはかつての仇敵にそっくりのものに転化するというまぎれもない現実を、彼はいきいきとした澄明とユーモアのなかで描きだしてみせたのでした。寓話としてこれはほぼ完璧なものになったので種を超える域に達し、左翼革命、右翼革命、宗教革命を問わない一般公理の啓示となることができたと思えます。アナトール・フランスの『神々は渇く』はフランス大革命を描いて想像できるかぎりの性格と役を登場させましたが、『動物農場』はブタ、イヌ、ニワトリ、ウマ、ネコなどで極度の単純化を計りつつ柔軟精緻の生彩で多性格ロマンを完成したのでした。

作者の予感どおりに『一九八四年』は失敗作となりました。前半と後半とで質にクッキリと相違があらわれたこと、作者の気質と意図からすると不可避であったとはいえ少数集産主義について深入りするあまり、ある部分が政治理論のパンフレット化してしまったことなど、いくつかマイナスをあげることができます。しかし、にもかかわらず、この作品は二十年たっても三十年たっても毒薬瓶のように貴重なのです。この作品が骨身に沁みて理解できる読者は皮肉なことにこの作品を自由に読める圏内にはいない。国禁の書となってはじめてこの作品は痛烈な放射能を帯びるという宿命にあります。この作品を自由におおっぴらに読むことができ、本をそこいらにほうりっぱなしにしておいても誰にもとがめられない圏に住む人には、これは、いかに深刻、痛烈な影響をうけても、その経験は読書なのです。《毒薬》とレッテルを貼られた瓶をまえにしてすわっているだけなのです。それ以上、何もできないのです。手をのばして栓をとって中身を味わうことができないのです。ただ日常、瓶をそこにおき、それを眺めて暮し、ある覚悟を養い、育てていくしかない。それほどの本はいったい何冊あるでしょうか。

オーウェル国では挙世滔々として肉体を殺戮して霊魂を救済する新発明に熱中していて、子が親を当局に密告し、人民は朝から晩までテレスクリーンで監視され、理由もわからずに投獄されたり、拷問で二足す二は五だといわされたりし、歴史を改変し、子を生むため以外のセックスは背徳で重罪だとされ……息もつけないほどおどろおどろしいのですが、この猛毒の瓶は自身の正確を立証した日に退場しなければならなくなりました。ソルジェニーツィンの『収容所群島』が公表されて止メを刺されてしまったのです。アッというすきもない。現代は待ッタなしです。ディストピア物語は昨日までは文学だったのに、ある朝眼がさめたら事実になっている。『収容所群島』はカフカの長篇小説に具体的な地名、人名、数字、日附などを挿入したらこうもなるだろうかと思いたくなるような読後感を抱かせる書物で、その意味からすると、暗澹とうなだれて本を閉じつつ、やっぱりカフカは時代の孤独な、天才的な精だったのかと、おぼろながらも再確認させられるのですが、同時に、もうユートピアはいわずもがな、その反措定であるディストピアも今後は書くことができないのではあるまいかという予感を抱かせられるのです。その予感はおぼろですけれど濃く、全身にひろがります。

(『食後の花束〈現代の随想〉』日本書籍　1979)

スパイは食いしん坊（抜粋）

　推理小説のトリックが種切れになって犯罪小説、風俗小説、警官小説などに転生してからというもの、私はこの種のものをすっかり読まなくなったが、スパイ小説を読む愉しみはやめられそうにない。新作が出るときっと買ってきて読むことにしている。本業のほうの締切日が切迫してドンづまりになった日でもイライラはらはらしながら読みふけってしまう。子供のとき、試験の日が迫れば迫るほどいよいよ押入れのすみっこに這いこんで山中峯太郎や江戸川乱歩にうつつを抜かさずにいられなかったけれど、いつまでたっても変らない。スパイ小説はどんな傑作でも一度読んだらそれきりで、二度と繰りかえして読む気は起らないので、かたっぱしから忘れてしまうが、二十年も三十年もたつと、オトナになってから蛸の八ちゃんやのらくろの漫画を読みかえすような、ほのぼのとした懐しさが頁からたってくる。あの阿呆なスピーンですらそんなことになるから、時間の作用はおそろしい。昔のスパイ小説を読みかえすこの愉しみは昔の漫画を読みかえすそれであるが、同時に昔の新聞を読みかえすときに味わうものと一脈通じあっているような気もする。スパイ小説は冒険小説から派生して独立的に発達した大人の童話ではあるけれど、ジャーナリズムでもあるのだから、日焼けして黄ばんだ新聞におぼえるのとおなじ匂いがたってくるのはきわめて自然なことである。

　初期のスパイ小説の名作の一つにジョン・バカンの『三十九階段』がある。これを久しぶりに読みかえしてみると、ドイツのスパイ団を向うにまわしての大活躍がストーリーの骨子となっているが、晴朗、爽快、温厚、優雅の筆致に時代のへだたりをまざまざと感じさせられる。それは『三銃士』や『鉄仮面』や『紅はこべ』などとおなじ騎士道ロマンで、その亜種または変種と呼ぶよりはそのもの自体だといってもよさそうである。この著者の略歴を〝解説〟で読むと、十九世紀に輩出したあの圧倒的な、多面的な巨人族の一人であったとあらためて教えられる。バカンはその生涯のうちに弁護士、政治家、軍人、総督、ビジネスマン、小説家、歴史家、評論家、詩人、戦時特派員、情報局員などを経験し、死んだときはカナダ総督だったそうである。スパイ小説は趣味で書き、バスのなかやヒゲを剃ってるときなどにプロットを考えたという。ずっと後世になってフレミングが登場するが、ダンナも経歴はなかなか多彩である。ロイター通信の記者、証券会社の共同経営者、タイムズ特派員、海軍中佐、海軍情報局員など、など、など。語学は母国語の英語のほかにフランス語、ドイツ語、ロシア語。四十三歳まで独身生活をエンジョイし、その年で結婚したが、独身時代のように気ままに暮せなくなってイライラしたものだから、その解消にスパイ小説を書きだしたという。バカンにしてもフレミングにしてもおびただしい〝経験〟という身銭を払って生きた。金そのものもおびただしくかかっているが、書くについては何よりも経験の豊富さが文体を肉厚く裏うちしたものと思われる。彼らの一生そのものを私小説として書いてもスパイ小説や冒険小説になりそうである。淡々と私小説として書いても経験そのものが多彩だから、執筆の意図にまったく反した結果のものとなりそうである。昔、芥川龍之介はスペインの作家、ブラスコ・イバニェスの波瀾多い生涯をつくづく羨む一文を書いたことがあったけれど、その羨望、反省、嘆息はいまだにわが国では吐きつづけられている。夜ふけに。ひそかに。あからさまに。あちらで。こちらで。

推理小説やスパイ小説はまぎれもなく〝近代〟の分泌物である。少くともこれまでに判明しているところでは、〝近代〟のない国ではこれらの知的遊びは生産されなかった。外国産のそれらが輸入され翻訳されてエンジョイされることはあってもその国で生産されることは、まず、なかったし、いまでもないし、おそらく今後もないだろうと思われる。活字による将棋とも呼ぶべきこの種の遊びが許されて楽しまれて成熟するためにはその社会の知的エネルギーの総和からあらゆる種類の禁欲的戒律による抑圧を引算してもまだまだ残る余剰がなければならない。それがどう利用されようとも法的に保護される余剰がなければならない。それを保護するものを制度の面から眺めると、少くともこれまでに判明しているところでは複数党制による議会制度であった。たとえそれがあってもこういう遊びが創案されなかった国、またはほとんど評判を聞かなかった国は、たとえばスイスのように、いくつかありはするけれど、まずまずこれが原則であることはハッキリしているようだ。たとえばわが国で推理小説が生産されたのは戦前と戦後であって、軍部独裁による戦中にはまったく圧殺されてしまったという事実を見れば、一つの例証となるだろう。しかし、推理小説はかなり品質の高いものが早くにわが国では生産されているのに、その兄弟であるスパイ小説となると貧困、お粗末をきわめているという事実は何からくるのだろうか。雨の降る日に薄暗い寝床のなかにもぐりこんで、外国産の、輸入物のスパイ小説ばかり読みながら、ときどき考えることがある。００７シリーズは現実感あふれるナンセンスだけれど、読み方によってはフレミングの意図とはまったく離れてそれはスパイ小説そのもの、または現代の政治そのものにたいする痛烈な嘲罵となることがある。どの分野でもナンセンスとかパロディーというものはセンスがよほど成熟、爛熟して種切れになりかかるところまできてから発生するものである。そしてスパイ小説というものは政治的現実とそれを報道するジャーナリズムの成熟と平行して発達してきたものなのだから、あちら産のこれと、こちら産のこれとのお話にならない落差は、こちらの書き手の政治感覚が半煮え、ジャーナリズムが半煮え、民主主義が半煮え、外国と外国人についての知識が半煮え、感覚が半煮え、職人根性が半煮えだということになる。ヴィーナー・シュニッツェルからトンカツを創案し、それのつけあわせにキャベツきざみを添えるという非凡の妙手を編みだし、さらにカツ丼というあっぱれな異種へそれを発展させ、ついでにショウガ焼きという奇手まで考えだした料理人の職人感覚とくらべると、わが国のパルプ作家の怠慢はどう罵られても反論のしようがない。

スパイ、ギャング、殺し屋、マフィアという連中、ことごとく本の白い紙のなかで教えられるばかりで、私の身辺には一回も観察の機会がない。芥川龍之介とおなじように生活圏の狭小を嘆くしかないが、フレミング・ダンナは作品に現実感をあたえるためと、対照の妙をだすためと、読者をリラックスさせるためにボンドに朝食は炒り卵だとか、両側を焼いた目玉焼き四コだのを食べさせ、一件落着前後にはフロリダの石蟹のバター揚げだの、カスピ海の南でとれたチョウザメのキャヴィアだのを食べさせた。それは小説作法としてなかなか賢明な手段であり、取材も愉しくて、趣味と実益がさぞや一致したことだろうと羨望したくなるが、現実でもどうやら手荒い連中は御馳走に目がないらしい。

ジェイムズ・ボンド氏は自分では料理を作らない。彼は註文し、解釈し、鑑賞するが、料理は作られたのを食べるだけである。ボンド氏以後——著者たちはめいめいそれ以前からだといいたいだろうが——スパイ小説ではチラホラしきりに食事の話が登場するようになったけれど、それでも、たいてい、ヒーローたちは、作られた御馳走に眼を細くしているだけである。ところがここに一冊のスパイ小説があって、これは全篇ことごとくといってよいくらい食談が登場するばかりか、主人公がじかにキッチンへいって自分で料理をする。しかもそれがたいてい危機の肉薄してきた状況で、追手というのがナチスのゲシュタポ、ソヴィエトのKGB、イギリスのM機関、フランスの第二局、マルセイユのギャング、アメリカのCIA、世界中のその道の猛烈屋ばかり。それらをかたっぱしから手玉にとって御馳走を作ってたぶらかして逃げるという愉快で優雅な悪漢小説である。よくできたスパイ小説を読むたびにまだこんな手がのこっていたのかと感心させられるが、この作品を読んだときにも、着想の非凡さに唸らされるばかりだった。しかも著者が食いだおれのフランス人ではなくてウィーン生まれだけれどドイツ人だというのだから、虚を突かれた。J・M・ジンメルの『白い国籍のスパイ』である。(原名は『必ずしもキャヴィアがある必要はない』。このほうが内容にピッタリ照応しているし、ピリッとくるし、想像を刺激されてよろしいのだが……)

この作品に登場するトーマス・リーヴェンはドイツ人だけれど、お洒落なプレイボーイの平和主義者で、酒と女と唄、そしてパイプと古い家具とクラブが大好きで、どこへいくにも蓋つきのチンチンと鳴る古風な懐中時計を持ち歩き、その場その場のありあわせの材料でみごとな料理を作りあげる。そういう青年がひょんなことからスパイ戦争に巻きこまれて心ならずも各国の情報機関からつけ狙われ、全ヨーロッパを転々として歩く遍歴記が物語になっている。007シリーズの残虐趣味はないし、『寒い国から帰ってきたスパイ』の暗鬱もなく、むしろスパイ小説の元祖である騎士道ロマンに先祖返りしたような朗らかさがいたるところに漂っている。それでいて現実感と痛罵があり、現代のスパイ小説としてはまったく横紙破りである。こういう珍種は何年かたてばまた読みかえしたくなるにちがいないから、私としては稀れなことだが、本棚にのこしておくこととする。

《心に通ずる道は胃袋を経由する》という意味の諺はたしかイギリスのものだったと思うが、危機に襲われるたびに、どうです、何かうまいモンでも食べながら相談しましょうやといって主人公がいそいそ鍋のまえにたち、影の戦争の猛烈屋を手玉にとったりとられたりするこの一篇は、ねじれゆがんで萎びてしまった現代人の頭と心を、雨のしとしと降る夜ふけ、枕のうえで、ひとときときほぐしてくれる。イデオロギー闘争や、戦争や、陰謀や、ナショナリズム狂熱などを〝食〟で解毒しようとする著者のラブレー風の意図はみごとに成功している。くつろぎと、優雅と、素朴がこの複雑の時代にたいする硫酸より強い批評、または嘲罵となることを、この人はとことん、さりげない口調で実証してみせたのである。こういう卓抜な大人の童話を読んでいると、ついついチェーホフの呟きを思いださずにはいられない。『おなじことをするにもいろいろな方法があるというものですよ、あなた』という、あの低いが耳にしみる呟きを。

（『最後の晩餐』文藝春秋　1979）

III 開高健が作ったもの

豆本『洋酒マメ天国』。サン・アド編。柳原良平による装幀で、1967年から1970年の間に36巻発刊された。開高健をはじめ、柴田錬三郎、草野心平、植草甚一などによるエッセイが収められている。

MEMENTO MORI

晩年に暮らした神奈川県茅ヶ崎市の開高邸（現・茅ヶ崎市開高健記念館）の書斎。掘りごたつ式机の上には最晩年まで置いていた蔵書がそのままあり、窓ぎわには灰皿のコレクションが並べられている。

開高著作

フィッシュオン
開高健集
大江健三郎集
現代日本文學全集
人とこの世界
私の釣魚大全
七つの短い小説
輝ける闇
饒舌の思想
ベトナム戦記
見た 揺れた 笑われた
ロビンソンの末裔
日本三文オペラ
開高健全集
裸の王様
眼ある花々
言葉の落葉
開高健全作品
白いページ
新しい天体
紙の中の戦争
開口一番
書斎のポ・ト・フ
渚から来るもの
食後の花束
黄昏の一杯
あぁ二十五年
人はいさ

杉並にある「開高健記念文庫」2階の著作コーナー。1957年発刊の『パニック』にはじまるすべての著作を展示している。

オーパ！

『オーパ！』とは、ブラジルでは驚いたり、
感嘆したりするときの言葉。
開高は、一九七七年八月から十月の
六十五日間、アマゾン川を訪れ、
ルポルタージュの傑作『オーパ！』を残した。
怪魚、珍魚の釣りにとどまらず、
文明論にまで及ぶ。その後、
第二部がスタートし、五冊が刊行された。

手前から反時計回りに
『オーパ！』開高健著　高橋昇写真　集英社　1978年
『海よ、巨大な怪物よ オーパ、オーパ!!　アラスカ篇』
開高健著　高橋昇写真　集英社　1983年
『扁舟にて オーパ、オーパ!!　カリフォルニア・カナダ篇』
開高健著　高橋昇写真　集英社　1985年
『宝石の歌 オーパ、オーパ!!　コスタリカ篇スリランカ篇』
開高健著　高橋昇写真　集英社　1987年
『国境の南 オーパ、オーパ!!　モンゴル・中国篇』
開高健著　高橋昇写真　集英社　1989年
『王様と私 オーパ、オーパ!!　アラスカ至上篇』
開高健著　高橋昇写真　集英社　1987年

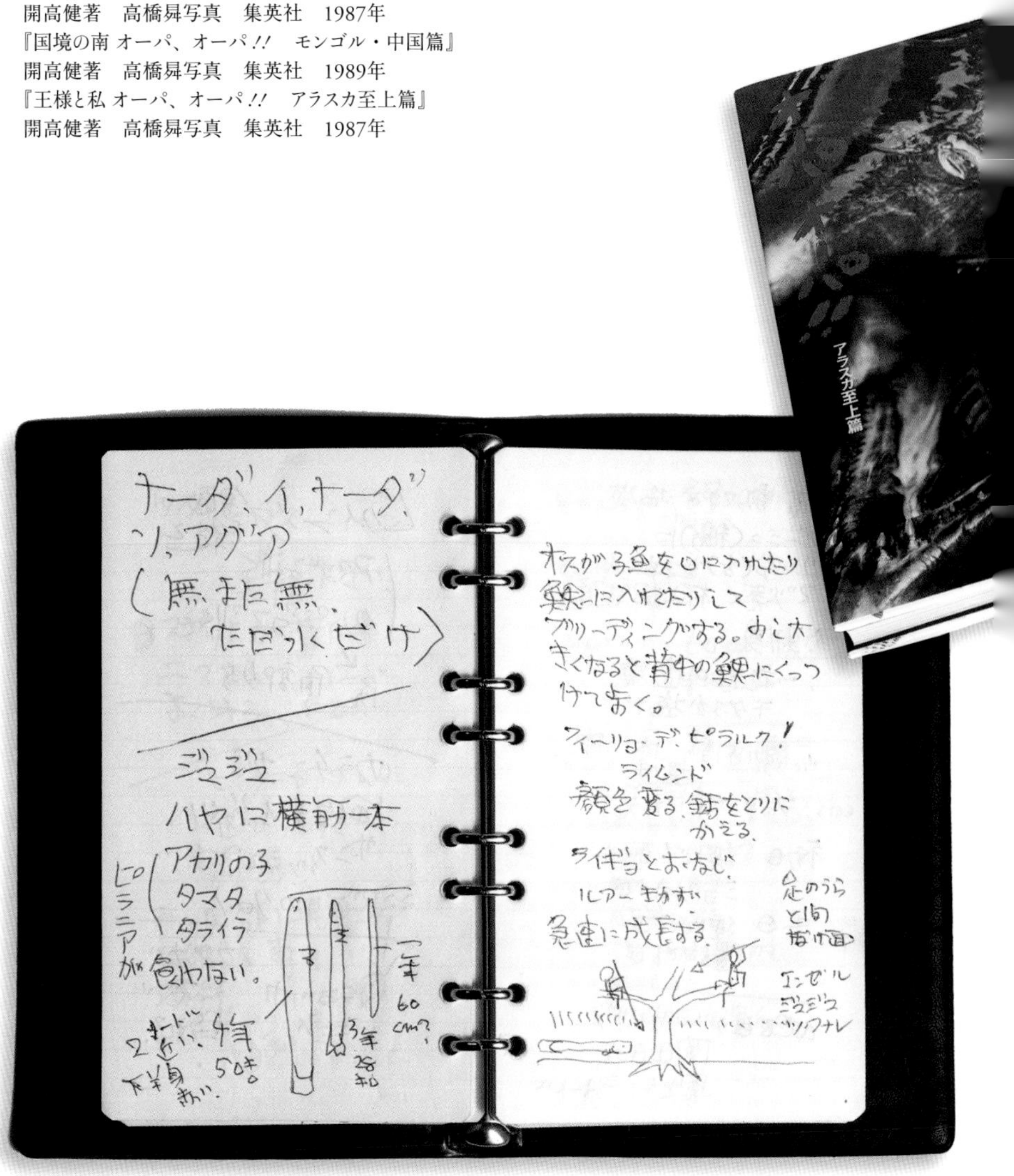

1977年、『オーパ！』のためのアマゾン取材メモ。

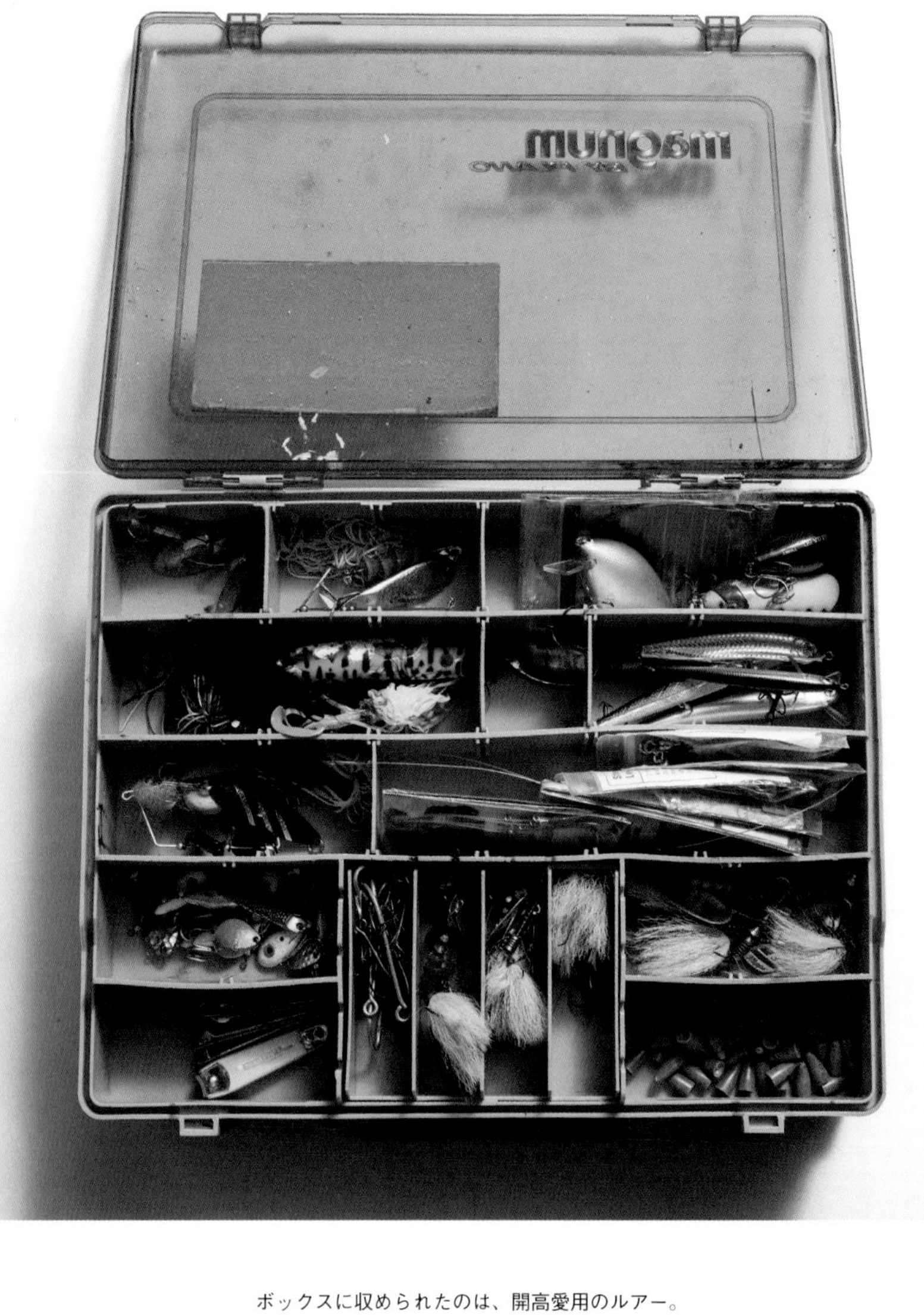

ボックスに収められたのは、開高愛用のルアー。

BOND STREET

同人誌『えんぴつ』

『えんぴつ』は一九五〇年一月、
関西大学在学中の谷沢永一が創刊した同人雑誌。
同年五月、谷沢から誘われて開高健は同人となる。
向井敏、のちに開高の妻になる牧羊子も参加していた。
活発な誌面で人気を集めたが、
翌一九五一年五月、十七号で終刊した。

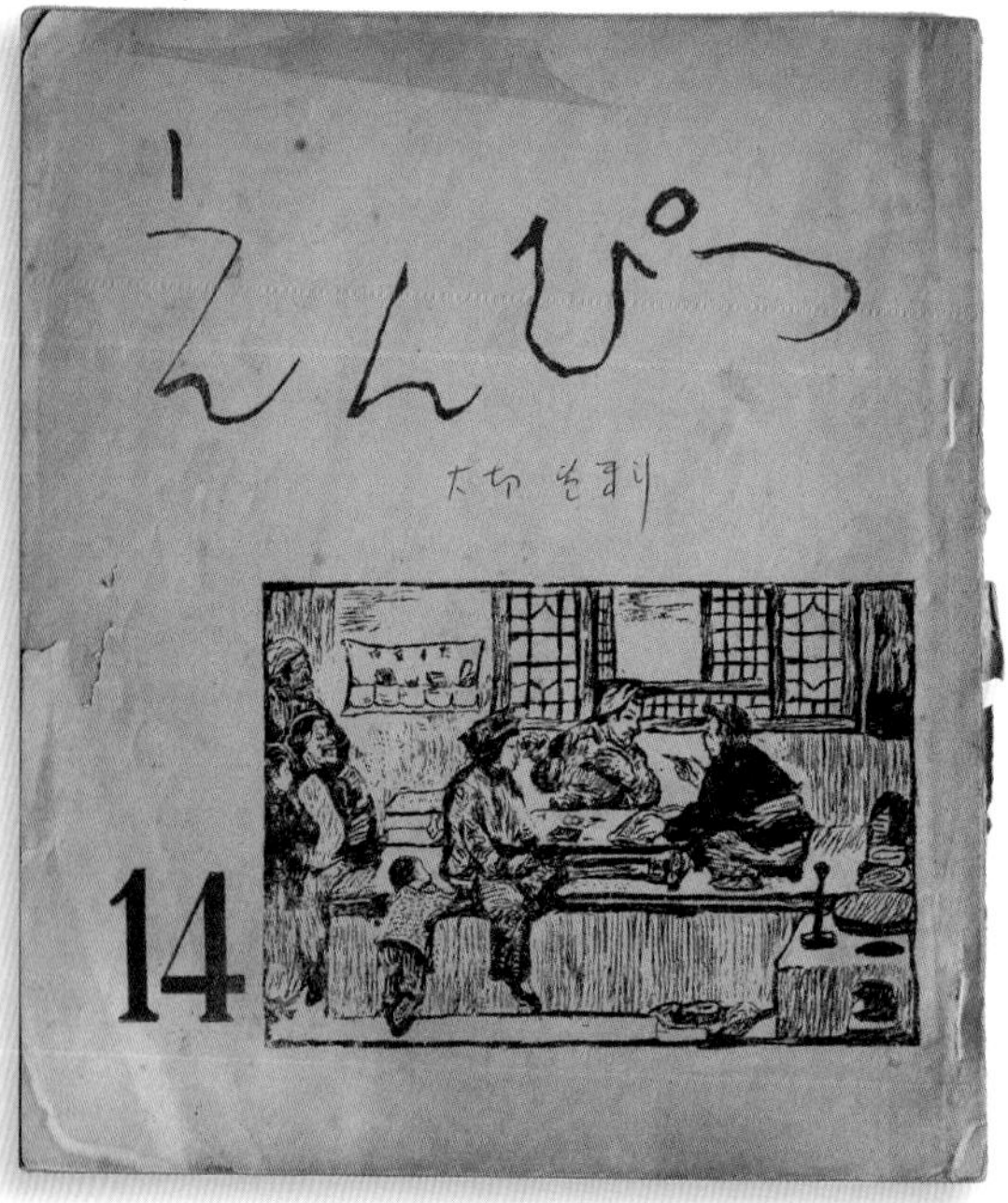

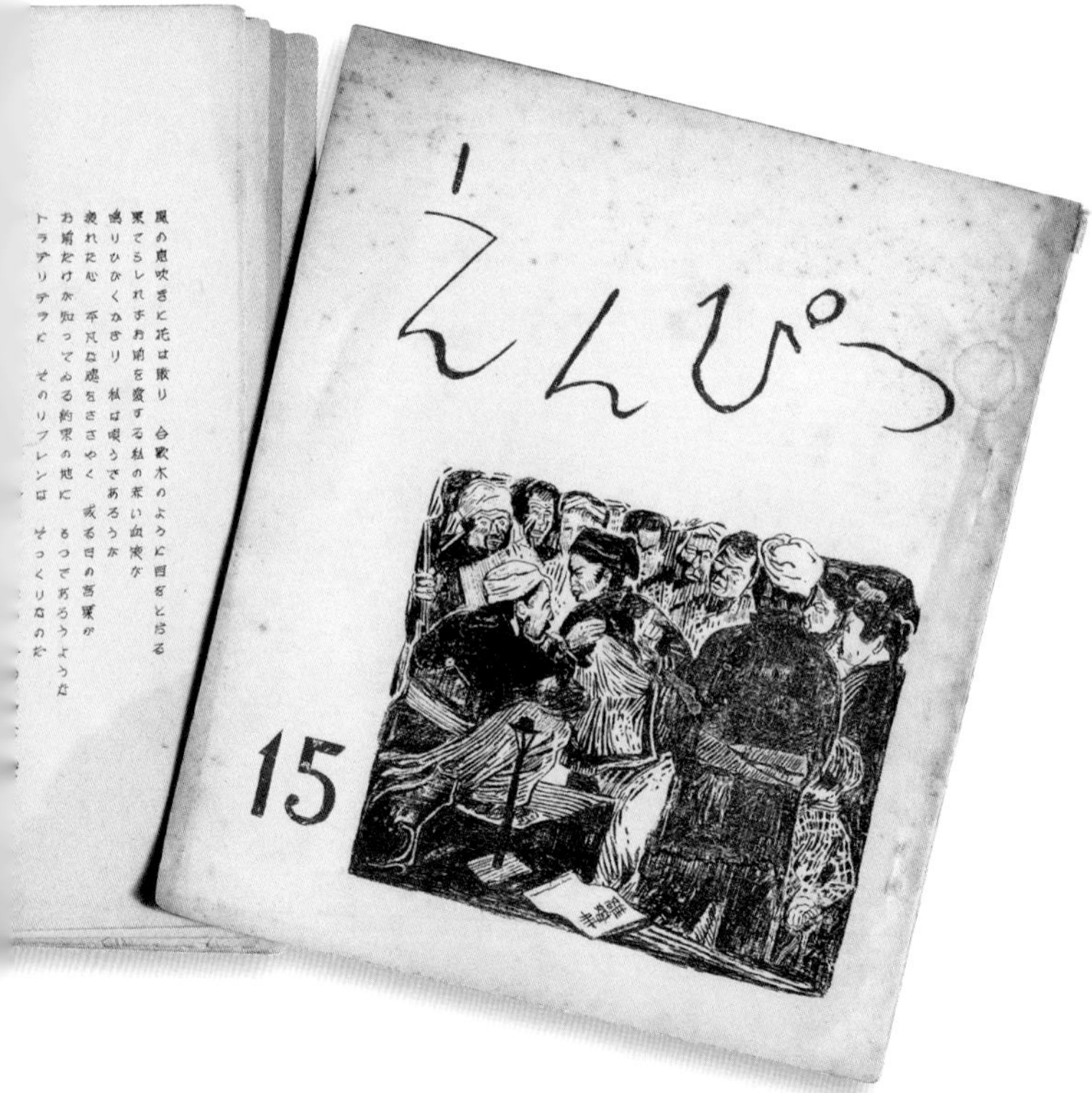

谷沢永一と知り合いになって『えんぴつ』という
ガリ版の同人雑誌の仲間に入れてもらい、ときどき
コソコソと何か書いたが、はずかしくてならないの
で、合評会のときにはいつも焼酎を飲んで悪口ばか
り口走っていた。

「しどろもどろの細道」(＊)『開高健自選短編集』
(読売新聞社　1978)

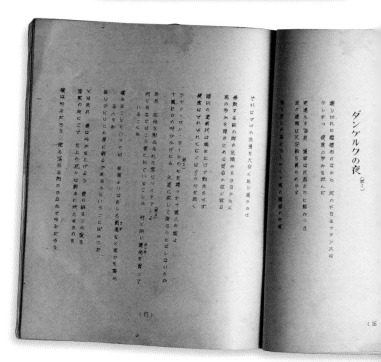

ダンケルクの夜(註1)

擦り切れた襤褸布さながら　足の下なるフランスは
少しずつ　僕達の歩みを拒んだ

それはマロの浜辺を大空に並び展がらせ

踏切の遮断桿は腕を上げて動きをせず
僕達はそれぞれにちぐはぐの心を抱く

ジャン・サン・テール(註2)の心を持った十萬人の我よ

ああ　生命を射ぬかれた聖セバスチアン(註3)よ
何とあなたはこの僕と似ていることか　何と同じ運命《さだめ》を背負って
いることか

(17)

(16

洋酒天国

「洋酒天国」は、サントリー株式会社の前身である洋酒の壽屋のＰＲ誌。
当時、宣伝部にいた開高が発案し、開高を編集兼発行人として、
一九五六年四月十日に創刊された（開高は六十一号まで担当）。
創刊時のメンバーには、坂根進、柳原良平がいる。
広告色は一切出さず、無料でサントリーバーやトリスバーで配布された。

洋酒天国 25
洋酒天国
numero 8
洋酒天国 28
洋酒天国
17
洋酒天国
洋酒天国/39
洋酒天国 61
洋酒天国
numero 15
洋酒天国
42
洋酒天国 44
洋酒天国
洋酒天国
洋酒天国
洋酒天国 27
洋酒天国
numéro 13
洋酒天国/
'60
59

「人間」らしく
やりたいナ
トリスを飲んで
「人間」らしく
やりたいナ
「人間」なんだからナ
（「トリスウイスキー」1961）

夜、来たる。
オレ、寝る。
寝酒《トリス》、飲む。
眼、とける。
（「トリスウイスキー」1964）

シンシンの夜は
チクチク飲んで
オレはオレに
優しくしてやる
そうすることに
してある
チクチクとナ
トリスでナ
（「トリスウイスキー」1967）

跳びながら一歩ずつ歩く。
火でありながら灰を生まない。
時間を失うことで時間を見出す。
死して生き、花にして種子。
酔わせつつ醒めさせる。
傑作の資格。
この一瓶。
（「サントリーオールド」1979）

内容は、酒の話から雑学、文学や文明論まで。洗練されたユーモアやお色気がたっぷりで、執筆人も稲垣足穂、埴谷雄高、春山行夫、田村隆一、薩摩治郎八、遠藤周作、吉行淳之介、亀倉雄策、河野鷹思など豪華な顔ぶれだった。
コピーの出典は『壽屋コピーライター開高健』坪松博之　たる出版　2014年

執筆時に飲んだウオツカから、シングルモルト、ブランデー、
ジンなど愛飲していた洋酒の瓶が並ぶ。茅ヶ崎開高健記念館。

夜中に起きて机の前にすわる。朝までかかって、四百字五枚がええとこかな。それ以上書くことも出来るが、翌日全部破ってすてなければならない。だから五枚が限度や。書きながら飲む酒は50度のウオツカ。これをそろそろやりながら万年筆をにぎる。飲みすぎてもいかんし、飲みたりなくてもいかん。

「書く時飲む酒 50度ウオツカ」（＊）『オールウェイズ〈下〉』（角川書店　1990）

酒を飲むのは、男一生の一種の芸術と呼ばれていいものである。飲まれたり、飲んだり、憎んだり、愛したり、ひょっとすると女房以上に男は酒と深い関係を結ぶことがある。

「風に訊け」（＊）『オールウェイズ〈上〉』（角川書店　1990）

小説を書くようになってからも、酒の力は借りてた。「ペンの先に悪魔《デーモン》が宿る」という形容句があるけれども、ウイスキーの酔いによって、ペン先に自分の日常性を超えた思考が宿るわけや。もちろんこれは、どこかからやってくるんじゃなくて、自分の意識の底にあるものが表層に浮かびあがってくるんだろうけれども、その引き金になっているのはウイスキーの酒精なのよ。だから、わたしの作品はすべて酒精の産物ということになるんやろか――。

「酒《ウイスキー》に訊け」（＊）『オールウェイズ〈下〉』（角川書店　1990）

人生には「酒のある時には盃がない。盃のある時には酒がない」という時が来るものである。諸君、すべからく、飲めるうちに飲みたまえ！

『ワイン手帖』（＊）（新潮文庫　1987）

碩学《せきがく》、至芸す（抜粋）

一芸に秀でた人が同時に諸芸でも妙味を発揮するという例をときどき見かけるが、露伴の釣談は雨のアームチェア・フィッシャーマンにとっては、この上ない静思の歓びをあたえてくれる。不定形のいらだちと爛《ただ》れでザクザクに荒れた心は、この人の、真摯《しんし》とおかしさをくまなくわきまえた釣談の妙味に、その、今戸焼のキンタマ火鉢でミミズを飼う苦心談や、『太公望』の雅俗混交のみごとな、とめどない探求の史譚《したん》や、『蘆聲《ろせい》』に見るような思いやりのしみじみとした柔らかさと深さなどに、長時間の手術の禁断のあとでの一杯の冷水のようなものを味わえることだろうと思う。べつにそのとき、あなたは、著者とおなじように川スズキ釣りの専攻である必要はなく、フナ釣師だろうと、サバ釣師だろうと、何者であってもいいのである。釣師にとって餌の探求と苦心がどんなものであるかを、釣師であるあなたが、ちょっとでも齧《かじ》って身にしませていたら、露伴が推賞する今戸焼のキンタマ火鉢なるものをさがしに、ついつい日曜日、家からさまよいでたくなるのじゃないかと思う。そしてまた、東洋における釣聖の太公望が、じつは、静思の聖貧でも何でもなくて、現代人の眼から見れば権力餓飢のヨダレたらたらのキッシンジャーにすぎなかったのだ——そちらの畑では大物中の大物だが——と教えられ、べらんめぇ調のいきいきとハズミのついた、虚実何ともつきかねるがどうしても途中で読みやめることのできない史譚を、ついつい読みたどって、しらちゃけた日曜日の午後を、思わず知らず、静謐にこころを充電することができるだろうと思う。それにまた、明治時代にすでに欧米のカタログをとりよせて、リールやルアーなどに少年のように憧れを燃やしていた露伴の新物食いの進取気性、また、自分から進んで金《きん》の鉤をつくったり、青貝のルアーをつくったりしてスズキの眼をひこうとした苦心の工夫、そうした、こまごまとした、釣師でなければおそらく一秒も眼をとめることもあるまい細部の打明話など。これらの挿話《そうわ》に漂よう碩学の稚純な熱中と、苦心と、文体の、ほのぼのとした澄明。これらは、ガサツで浅薄で神経症にかかったこの時代の、雨の日と、日曜の午後には、祖父が着古したけれど半世紀たってもゆったりのびのびと今でも着ることのできる、ラッコの襟のついたオーバーのようなものである。そのしみじみとした、篤厚な、それでいて終始ユーモアを忘れない捨棄と思いやりのありがたさを、あなた、この一巻をどこから読んでどこでやめてもいいから、くつろいで味わいなさいな。何しろこれらは碩学が雨と風のなかからひきだしたものなんだから、しっかりと寝かされていて、底深い。無人島へいくときには、ぜひ。

(『地球はグラスのふちを回る』新潮文庫　1981)

飲む（抜粋）

スタインベックの掌《てのひら》小説の一つに『朝食』というのがある。いきずりの旅行者が野宿している貧しい綿つみ労働者の一家に朝飯を御馳走してもらって、それがすんだあとまた旅をつづけるという物語で、文庫本にして五ページあるかないかというだけのものである。〝小説〟とも〝物語〟ともいえないし、〝ルポ〟というものでもない。もし記述ということばを使うなら作者がほんとに書きたくて書いたことがすみずみまでわかる、句読点の一つ一つにまで爽やかな息づかいのこもっていることがよくわかる、ある一瞬についての記述である。野外のひきしまった早朝の空気のなかでジュウジュウとはぜるベーコンの音がそのまま聞こえてきそうなのである。ただそれだけのことなのである。けれど、こういう絶品を読むと、文学はこれでいいのだと思わせられてしまう。

スタインベックではなかったかもしれないが、掌編で忘れられないものに、もう一つある。いま読みかえしていないのできっとおぼえちがいがあると思うが、私の記憶のなかではこうである。おそらく、ある夕方、一人の若者が放浪にくたびれて故郷《くに》の小さな町に帰ってきて、ある家の庭のよこを通りかかる。すると、一人の老人がホースで水を芝生にまいている。若者が垣にもたれて水滴がほとばしるありさまに見とれていると、老人がよってきて、ホースの口をさしむけ、一杯いかがといって若者に飲ませてやる。若者が飲みおわって手で口をふいている

と、老人は
「何といっても故郷《くに》の水がいちばんだよ」

といって去る。

これもただそれだけの記述にすぎないのだが、『朝食』とおなじほどあざやかに記憶にのこっている。若者がどういう放浪をしたか。どんな国でどんな経験をしたか。いまその結果としてどのようにくたびれ、体のなかには何があるのか。そういうことは何一つとして説明してなかったと思うし、老人のこともほとんど説明はなかったと思うが、そのときの滴のほとばしりかたや水の味が白いページからひりひりつたわってくるようであった。かけがえのない感触が私の記憶にのこされている。

これも『朝食』とおなじほどの絶品で、金色《きん》に輝く脂の泡のなかではじけるベーコンを早朝の野外で食べてみたいと思いつめたみたいに、ある夕方、知らない人の家の垣にもたれて、くたびれた心身を荷物のようによこにおいてからゴクゴクとホースの口から水を飲んでみたいものだと思わせられたことだった。「一言半句をわれにあたえたまえ」と叫んで木から体を投げた聖者があったと伝説はつたえているのだが、この二編のような文章のうちの一行でも紙に書きとめられたらと、よく夜ふけに思いかえさせられる。


（『白いページ』潮出版社　１９７５）

ヘディン

一月五日　二年から三年おきに、ときには六年か七年おきに私が読みかえす本が何冊かある。精神の渇きにも周期があるので、それにあわせてこれらのなかから一冊を抜きとって寝床へ持っていく。

それらの全冊の名を列挙するにはこのコラムが小さすぎる。しかし、一冊は『コンティキ号漂流記』である。一冊は『鮭サラの一生』である。また一冊は『山椒魚戦争』である。私の内部には何人もの人間が住んでいて、それぞれ趣味も要求も異なるので、いまは誰が声をあげているのかを誤たずつかまなければいけない。

今日は久しぶりにヘディンの『さまよえる湖』を読みかえしたいとせがむものがいたので、かなえてやる。十年ぶりか十一年ぶりかというところだろうか。枕もとのマホー瓶に新しい湯をたっぷりつめ、急須に新しい茶の葉を少し入れて、首まで毛布にもぐりこんで辺境アジアの旅に出発する。

ヘディンは行動の人である。強い、長い足を持った人である。眼も、耳も、いい。しかし、ふつう行動の人は現場で感情を食べつくし、後方にはそのメニューぐらいのものしか持ち帰らないものであるが、この人は料理そのものを皿にのせてホカホカのままで持ち帰って頁にしてくれる。端正、精緻《せいち》、柔軟なその名文ぶりには、毎度、何年おきかに、はじめて読む鮮烈をおぼえさせられる。自筆のスケッチのうまさにも感服させられる。

（『食後の花束〈現代の随想〉』日本書籍　１９７９）

『書斎のポ・ト・フ』

小説家 開高健、書誌学者・文芸評論家 谷沢永一、文芸評論家 向井敏――
鋭い言論で一時代を築いた三人は、
若き日に同人誌『えんぴつ』に参加した朋友である。
『書斎のポ・ト・フ』（一九八一年、潮出版社）は、その三人が三十年ぶりに集い、
五日間二十五時間（一九八〇年十月十七・十八日に開高宅、十一月二十一・二十二・二十三に谷沢宅）
にわたって、書物について放談したものをまとめた鼎談集。
博覧強記にして、笑いのセンスもある三人が、三十冊を超える本について
歯に衣を着せることなく、明るく論じている。以下、抜粋した内容で構成した。

八丁堀のホームズ　捕物帳耽読控

開高　われわれ三人が一堂に会して、いや、堂と言えるほどのものじゃないな、ひとつところに集まって、ゆっくり本の話をするのは何年ぶりだろう。

谷沢　昭和二十七年以来だからおっつけ三十年だな。

向井　もうそんなになるのか。

開高　じつに三十年ぶり。日本も変った、世界も変った、出版界も変った、世の中いろんなものが変っちゃったんだけれど、昭和一ケタのこの三人はこうして顔を合わせてみるといっこうに変っとらんで(笑)。(略)

向井　そうだな、どこから手をつけたものかな。なにしろ厖大な量なんでね。岡本綺堂が博文館の「文芸倶楽部」に『半七捕物帳』の連載をはじめたのが大正六年。これが捕物帳の皮切りで、それから今まで捕物帳を書いた作家は百人じゃきかんだろう。戦後まもなくのブームのときには、捕物作家クラブに加わった人が百七十人もいたらしい。それに捕物帳というのはたいていが長いシリーズで、野村胡堂の『銭形平次捕物控』にいたっては三百八十六篇。こんなのを総ざらえしていたんではいくら時間があっても足りはしない。たまたま、池波正太郎の編集で『捕物小説名作選』（集英社文庫）という手ごろな一冊選集が出たんで、さしあたってこれをとっかかりに岡っ引の品定めをしようと思うんだが。

開高　十二篇選び出しているのね。選び方についてはどうや。

向井　いちおう目次を並べてみよう。戦前のものでは、岡本綺堂の『半七捕物帳』、佐々木味津三の『右門捕物帳』、野村胡堂の『銭形平次捕物

■池波正太郎選『捕物小説名作選』
■岡本綺堂『半七捕物帳』
■佐々木味津三『右門捕物帳』
■野村胡堂『銭形平次捕物控』
■久生十蘭『顎十郎捕物帖』
■都筑道夫『なめくじ長屋捕物さわぎ』
■池波正太郎『鬼平犯科帳』
■有明夏夫『耳なし源蔵召捕記事』
■都筑道夫『即席世界名作文庫』

控』、城昌幸の『若さま侍捕物手帳』、久生十蘭の『顎十郎捕物帖』、戦後のものでは、坂口安吾の『明治開化安吾捕物帳』、村上元三の『加田三七捕物そば屋』、柴田錬三郎の『貧乏同心御用帳』、南条範夫の『岡っ引源蔵捕物帳』、伊藤桂一の『風車の浜吉捕物綴』、藤沢周平の『神谷玄次郎捕物控』、有明夏夫の『耳なし源蔵召捕記事』。合わせて十二のシリーズから一篇ずつ選んでいる。（略）歴史的展望も兼ねていてなかなか重宝で、選択には相当苦労したろうけれども、こっちの都合から言えば、あれこれ文句をつけたいところがあるんだな。

都筑道夫の『なめくじ長屋捕物さわぎ』（全四冊。桃源社・昭49〜昭51）と池波正太郎自身の『鬼平犯科帳』（『新鬼平犯科帳』を含め、全十五冊。文藝春秋・昭43〜昭55。のち、一部文春文庫）、この二つをはぶいてあるのがまず解せない。あとで話題にするつもりだけれど、この二つのシリーズは捕物帳の系列のなかではははずせないもので、これがはいっていたらこのアンソロジーはもっと光ったろうと思う。（略）

開高　そういう捕物小説に完全な市民権を与えたのは、やっぱり野村胡堂の『銭形平次捕物控』（『銭形平次捕物全集』全二十六冊。河出書房・昭31〜昭33）でしょうな。『銭形平次』は俳句の文体で書いた警察小説やないかと見とるんだが、私は一時、あの野村胡堂の生き方にあこがれたことがあったのよ。

向井　ほう。それはまたどうして。

開高　私の子どものときの人生の理想は電車の運転手でも陸軍大将でものうて、まずはじめに古本屋のおやじなの。ゼニを払わんでも本が読めるというぜいたく。その悠々たる素振り。うらぶれ果ててるように見受けるけれども、思い立って手を伸ばせばいつでも本が読めるという、うらやましき存在。それで古本屋になりたかった。いくらかものごころがついてからも、なにかこう斜に構えて、ずうっと世の中をながめわたして暮したいという心境が続いていて、それで、洋画のスーパーインポーズを書いて匿名のままでシャナリシャナリと生きて、たまにうまいものを食い、いい酒を飲み、いい女と寝て暮したいというのが次に来た。ずっとあとになって、これはおれにはとてもだめだとわかったのだけれどね。
　そのあとに出てきたのが、理想の人物、野村胡堂。『銭形平次』をえんえんと書き続ける。その一方で、古典音楽のレコードを、そのころは四十五回転のやつやね、それを手にはいる限り全部集めて聴いて、とても高級なすかした音楽評論を別のペンネームで書いて……。
向井　あらえびす。（略）
谷沢　捕物帳というのは、現代社会と違った生活環境で、現代にはない職業をもった人間がある事件をめぐって行動を起すというところにミソがあるんじゃないかな。現代と通じる職業だったら困るんじゃないか。いつも釣忍《つりしのぶ》やなんかが出てくるでしょ、そういう風物と釣り合いのとれた暮し方をしている、江戸時代にしかなかった職業、それがあるから捕物帳は生きるんじゃないかと思う。そんな意味で、ぼくは風物詩ということに重点を置きたい。
向井　谷沢の言う風物詩は江戸情緒と言いかえてもいいわけでしょう。捕物帳作家はそういう江戸情緒の枠をまずきちんとつくって、それに合った情況をしつらえ、そのなかでだけ人間を動かす。手っとり早く言えば、捕物帳というのは、江戸情緒という韻をふむことで成立している一種の定型文学なのね。
開高　それで、文体もおのずから決まってくる。だから、捕物帳というのはみんな安定しているの。現代ものはダメでも、これならいっぱしの成績はあげられるの。（略）
向井　さっき谷沢が江戸時代にしかない職業ということを言ったけれど、捕物帳では江戸の警察制度のことがいかにもほんとらしく書かれているわね。町奉行がいて、与力がいて、同心がいて、その下に岡っ引がいて、またその下に下っ引がいる。（略）後続の捕物帳作家は綺堂のつくったこの岡っ引制度を踏襲しているんだけれども、これはどこまで史実に沿っとるんだろう。
谷沢　ほとんどわからないでしょ。三田村鳶魚でさえサジを投げている。（略）
開高　87分署ものみたいな調子で北町奉行所と南町奉行所が張り合って、その下で銭形平次というシャーロック・ホームズ、顎十郎というシャーロック・ホームズ、その他無数のホ

ームズ諸君がそれに対抗するぼけ役とやり合うけれど、北町と南町はほんとにそんなに張り合っていたんでしょうかな。（略）

谷沢　今年、南町奉行所がやると、来月は北町がやる。きっちり一か月交替だから、前の月に下手なことをやってるとそこをつつかれるわけ。あれはじつに悪魔的な知恵やな。

向井　顎十郎は北町だったな。

谷沢　右門は南か。この右門をこしらえたのは佐々木味津三なんだが、これはやっぱりえらい発明だね。半七や平次のような、いちばん下の、庶民とじかに接触している目明しの祖型をつくったのは綺堂だけれど、それを書こうと思ったら、どうしても江戸の庶民の具体的な手がかりが必要でしょ。佐々木味津三はそんなこと知らないから、そのうえに右門をもってきたのね。あれは八丁堀の侍だから話のうえでいろいろ遊べたわけよ。（略）

向井　右門はれっきとした八丁堀の旦那なんだけれども、侍は侍でも相当なノンシャランだろう。このノンシャラン性が強調されていくことになるのよ。船宿の二階に寝っころがって酒ばっかり飲んでいる若さま侍。それから、稀代の怠け者、顎十郎。最近のではもっと徹底して、『なめくじ長屋』の砂絵のセンセー。

開高　そうやなあ。顎十郎も定職がない。中間部屋から中間部屋へゴロゴロ酒飲んで歩いている男。顎が長ァくて……。この顎十郎と『なめくじ長屋』の砂絵師は、完全に市民権を放棄しとるね。アウトサイダーが体制を批判するという形にしているわけや。

谷沢　あの砂絵師はほんとにアウトサイダーの極致でしょ。

開高　ただ、どいつもこいつも怠け者にしては剣術がやたらにうまいという妙な特権をもっているんですがね。

谷沢　理想やなあ（笑）。（略）

開高　ちょっとテーマ変えようや。（略）この戦後三十年間に書かれた捕物帳で出色の作はあるか、ないか。（略）

向井　（略）ひとつは都筑道夫の『なめくじ長屋捕物さわぎ』。これは

人物の設定が今までのものとがらっと違う。全部アウトロー。(略)

その次は坂口安吾の『明治開化安吾捕物帳』(冬樹社『坂口安吾全集』第十一巻)。江戸の匂いがまだ残っているけれど、一方ではそれが急速にぼやけてくる不定形の時代を舞台にすることで新味を出した。最近の有明夏夫の『耳なし源蔵召捕記事』(『大浪花諸人往来』角川書店・昭53。のち、角川文庫)もこの系統だな。

それからもうひとつは池波正太郎の『鬼平犯科帳』。これは言ってみれば倒叙型の捕物帳で、盗みとか殺しとかの犯罪を犯す側の生態に照明を当てて書いているの。捜査する側よりも、泥棒や殺人犯のほうが主役。それをさらに強調したのが、『殺しの四人』(講談社・昭48。のち、講談社文庫)にはじまる仕掛人シリーズで、ここでは犯罪イコール捜査官という仕組みになっている。こんなところじゃないかと思うんだが。

(略)

開高 彼(都筑道夫)は少年時代の後半に、匿名で講談小説を書いて稼いでいたの。開高健や向井敏も東京に生まれてすごしていたら同じようなことをやったかも知れないんだが、おれたちは大阪人で出版ジャーナリズムがないものだから、それで宝焼酎ぶっくらって、なじり合いの、叫び合いの、議論をしてすませたのよ。そのすきに都筑道夫は講談書いて稼いでいたわけ。その素養がある。その少年時代の歌がよく響いて、いいものになっているのがこの『なめくじ長屋捕物さわぎ』。これはいいもんです。

虹をつかむ男たち　ロマン・ピカレスク頌

開高　さて、こんどは悪漢小説《ロマン・ピカレスク》。

谷沢　泥棒物語やな。（略）

向井　マイクル・クライトンの『大列車強盗』（乾信一郎訳・早川書房・昭51。のちハヤカワ文庫NV）、これからはじめよう。

開高　けっこうですな。これはじつによくできた小説で、人間の描き方がうまいし、それにヴィクトリア女王時代のロンドンの風俗がしっかりとらえられていて手ごたえがあった。近年まれに見る傑作と申しあげたい。

（略）

向井　ここでは『大列車強盗』を現代のロマン・ピカレスクの傑作として論じているんだけれども、同時に、この本はヴィクトリア朝の歴史を勉強しようとする人にとっての必読の書とも言えるね。谷沢は日本の歴史についてトータルなイメージがほしかったら、古代史なら司馬遼太郎の『空海の風景』（全二冊。中公文庫）、中世史なら『義経』（全二冊。文春文庫）、近代史なら『菜の花の沖』（「サンケイ新聞」連載中）をまず読めといつも学生に言っとるらしいが（笑）、それと同じような意味で、これは歴史研究のパイロット役の資格がある。

開高　そのとおり。（略）そのヴィクトリア朝の実態を肌で感じ取るのだったら、もうひとつ大物がありますぞ。『我が秘密の生涯《マイ・シークレット・ライフ》』（全十一冊。田村隆一訳・学芸書林・昭50〜昭52・七四頁参照）というのが。作者は不明なんだけれど、生涯の全エネルギーをセックスに傾けつくした男の回想録で、ポルノグラフィとして、ウィタ・セクスアリスとして最高の作品。ロマン・ピカレスクとは言えんけれども。

向井　しかし、さっききみの言ったヴィクトリア朝的エネルギーの発露という点では、泥棒稼業におけるエドワード・ピアースと好一対でしょう。

開高　（略）これを読むと、ヴィクトリア朝の風俗を描きつくしたと豪

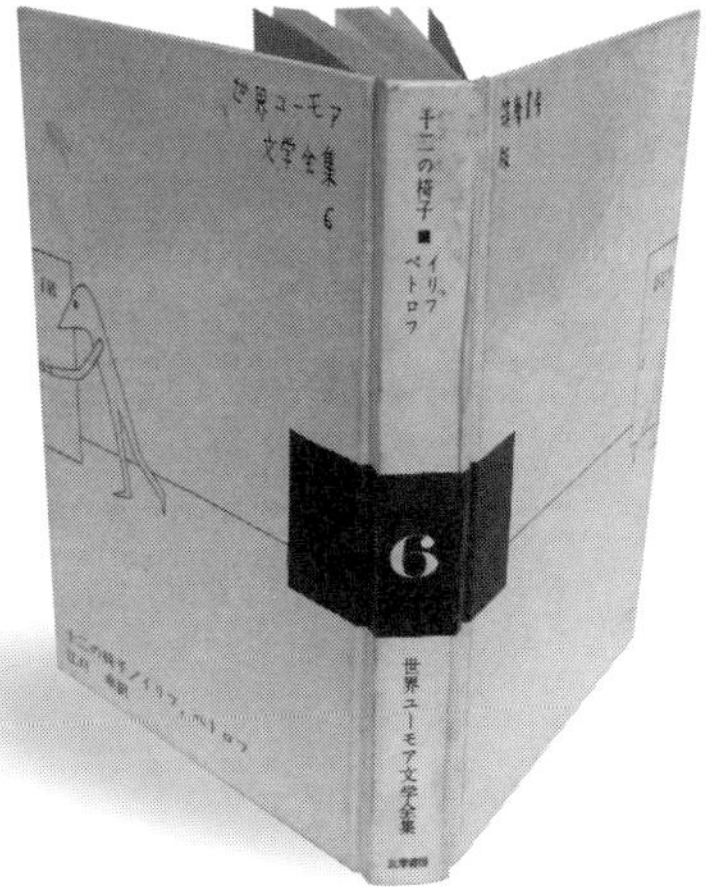

語したディケンズ、あのディケンズですら、おとうさん、いったい何をしてたのと言いたくなるくらいのものやね（笑）。
「種において完璧なるものは種を越える」と言ったのはゲーテだったか、ほんとにその通りであって、これはもうポルノなんてものじゃない。（略）私に言わせると、これは『資本論』の外史、情念における『資本論』ですな。十九世紀のイギリスの階級差別の実態を納得したいのやったら、エンゲルスの『イギリスにおける労働者階級の状態』よりもこの『我が秘密の生涯』を読みなさいと言いたいね。学生諸君の立てる赤旗はたいていが『資本論』の赤旗だけれど、もし『我が秘密の生涯』の赤旗を立てるのがいたら、そちらのほうを信用したいね。

向井 ピンクで濾された赤旗だもの（笑）。（略）

開高 それで、さっきおあずけにしたロマン・ピカレスクとは何ぞやということなんだけれども、これは一口で言うと、単なるワルの自慢話ではなくて、けたはずれの強力なヴァイタリティをもった人物が社会を横断もしくは縦断する、それにつれて、一社会の横断面、縦断面がくっきりと浮びあがってくるという形式の物語なわけね。主人公が障害を次々と乗り越えていく、いわばハードル競走を見る楽しみ、それと、その跡に残された社会の切開面をながめる楽しみ、このふたつを同時に満足させてくれるのがロマン・ピカレスクなの。

向井 うまい定義だな。『大列車強盗』がまさにそれだった。もともと、ロマン・ピカレスクは一種の社会小説として発生したものでしょう。狭い意味では、十六世紀のなかばごろからおよそ百年間、スペインで流行した物語をいうのだけれど、そこに出てくる泥棒や詐欺師やなんかの悪漢《ピカロ》諸君は、むしろ司会者、観察者、狂言回しといったもので、物語の主体は社会案内だったわけね。

開高 その最初の作品が『ラサリー

■マイクル・クライトン『大列車強盗』
■作者不明『我が秘密の生涯』
■高木彬光『白昼の死角』
■アルベール・スパジアリ『掘った奪った逃げた』
■イリア・イリフ、エウゲニー・ペトロフ『十二の椅子』

リョ・デ・トルメスの生涯』（会田由訳・岩波文庫）。これは作者がわかっとらんのね。文学史に必ず出てくる作品です。これもわるくはないけれども、私としては、そのあとに出たセルバンテスの『リンコネーテとコルタディーリョ』（会田由訳・河出書房版『世界文学全集』古典篇第二十六巻）という短篇のほうがはるかに精彩があっておもしろかったな。

　こういうスペインの悪漢小説が、その後、いろいろと変化し展開していく。そのひとつがいわゆるサクセス・ストーリー、成功物語であって、エネルギーに満ちた主人公が社会の階段を下から上へ駆けのぼっていく、その軌跡を描く。その最大の代表作がスタンダールの『赤と黒』やね。ジュリアン・ソレルよ。これとは逆に、有為転変を重ねて上から下へ転落していく場合がある。貴種流離譚というやつで、貴種が顔を隠したままで落ちていくと『鉄仮面』、一族みんなで落ちていくと『平家物語』、あるいは井伏鱒二の『さざなみ軍記』と、こうなる。きみらは疑わしそうな顔をしとるけれど、私はこれもロマン・ピカレスクの亜種と見とるのよ。

　それから時代がくだって、平均化の時代になって主人公の顔が青ざめてくると、ビルドゥングスロマン、教養小説に姿を変える。あるいは、教養小説をからかう形で、青ざめもせず、顔も隠さず、阿呆をよそおって社会を横断するというものも出てくる。その最上の例がヤロスラフ・ハシェクの『兵士シュベイクの冒険』（全四冊。栗栖継訳・岩波文庫）。ロマン・ピカレスクはこんなふうに多種多様に変化していくのだけれども、物語作法としては最も単純なものだから、いくら使っても錆びない。

向井　開高健著「悪漢小説史早わかり」というところだな（笑）。相当異例だけれど、示唆に富んでいることは認める。（略）

開高　貧困なるわがロマン・ピカレスクの歴史のなかで、たったひとつの例外は、高木彬光の『白昼の死角』（光文社カッパノベルス・昭35。のち、角川文庫）。それでは諸君、この小説を論じることにしましょう。

向井　『白昼の死角』は昭和二十三年から三十四年にかけての戦後の混乱期を舞台にした手形詐欺、この世界ではパクリというね、そのパクリを題材にした小説で、鶴岡七郎という詐欺師が主人公。これがじつに切れる男で、あっと驚くような手口を次々に考え出して経済界を恐慌におとしいれ、ヤクザの脅迫や警察の追及をかわしてあざやかに逃げ切る。

（略）

開高　それから、アルベール・スパジアリの『掘った奪《と》った逃げた』(榊原晃三訳・新潮社・昭53)。(略)これはノン・フィクションだけれども、悪漢ものとして最近のヒットやね。ニースの銀行の地下の貸金庫室へ、下水道からトンネルを掘ってしのびこんで、金持が預けている現金や宝石や金塊を全部かっさらうという事件があった。その盗賊団の主犯が南米のどこかへ逃げて、警察が血まなこになってさがしているというのに、事件の経過をくわしく書いた原稿をパリの出版社へ送りつけて出版したという、いわくつきの本なのよ、これは。(略)

谷沢　事件の経過の描写そのものがおもしろいしな。(略)

開高　そしてここにもうひとつ、ロマン・ピカレスクの傑作で、私の大好きな小説がある。イリヤ・イリフ、エウゲニー・ペトロフの『十二の椅子』(江川卓訳・筑摩書房・昭52。新装版)。革命後のロシアで書かれた最もおもしろい小説で、一九二八年か、スターリン時代のはじまる直前に出版されたものだけれども、これを読むと、このあとにあの暗黒のスターリン時代が来るなんてとても想像できない。それほどのびのびと書かれているのよ。(略)

向井　小ばなしづくりに天性のセンスがあるのね。それでね、『十二の椅子』を読んでいて気がついたんだが、この小説は何百何千という小ばなしをつなげてできているのじゃないかな。次から次へとひっきりなしに、うまいオチのついた小ばなしが続いて、それでちゃんとした小説になっている。その小説全体がまたひとつの小ばなしのていをなしていて、いちばん最後のドンデン返しがそのオチという仕掛けなわけ。こんな形の小説はちょっと類がないのじゃないか。(略)

開高　『十二の椅子』はユーモア小説としても比類がないし、まあ、これは別格として、『大列車強盗』でも、『掘った奪った逃げた』でも、ロマン・ピカレスクにはこういうユーモアのスパイスが必ず振ってある。

山川草木獣虫魚　ナチュラリスト文学考

開高　こんどはナチュラリストの文学やな。いよいよ私の出番です。

向井　なにがいよいよなものかね。今までも出づっぱりだったじゃないの（笑）。

開高　いや、ずっと傍役できたつもりなのだがな。謙虚を旨としてな（笑）。

谷沢　まあよろしい、それではこんどはわれわれが傍役に徹して、主役の演説を聞かせてもらおうやないの（笑）。

開高　ナチュラリストの文学というのは、まだ日本の文学にはないジャンルでな。岩野泡鳴やなんかの自然主義文学とはもちろん違う。欧米の文学ジャンルでは、自然愛好者、あるいは自然観察者の文学をさして、ナチュラリストの文学と、こういうとるわけや。十九世紀になってから、とくにイギリスを中心に、「どこそこにおけるナチュラリスト」という表題の文学が出はじめた。日本でもよく知られているハドソンの『ラ・プラタの博物学者《ナチュラリスト》』（岩田良吉訳・岩波文庫）なんかがそれやね。これは名作ですぞ。（略）

　そこでまず、ナチュラリスト文学の傑作のひとつであり、魚釣りを唯一の道楽とする私の好きな書であるヘンリー・ウィリアムスンの『鮭サラの一生』（海保真夫訳・至誠堂・昭47）、これについて論じたい。いや、論じるというのはいささか大げさやな、これは読めばわかるというもので、一匹の大西洋サケの生まれてから死ぬまでのことを追っかけた本なの。著者のウィリアムスンは自宅の邸の近くを流れる川をさかのぼってくるサケをながめているうちに、一匹のサケの教養小説、ビルドゥングスロマンみたいなものを書いてみようと思い立って、それで二十五年ぐらいを費してこれを書いた。（略）私は心が乱れたりすると、ナチュラリスト文学を読み返すことにしているんだけれど、この『鮭サラの一生』も三年に一度くらい読み返して

いる。そのたびに一読三嘆、りっぱなもんだと感心させられる。

　ナチュラリスト文学で気をつけなければいけないのは、人事を自然に反映させて、鳥獣虫魚の生態を人間社会にあてはめて解釈し、表現しようとする欲求をどう制御するかということやね。つまり、擬人化、類推、メタファというやつが問題なのであって、伝説や民話のなかで鳥獣虫魚がいかに誤って理解され紹介されてきたか、たとえばオオカミがふつう常識とされているものといかに正反対の性格をもつものであるかなどということを解明した本が何冊も出ているくらいで、この擬人化の弊害はじつに大きい。（略）

『鮭サラの一生』では擬人化を慎重に避けつつ、しかし人間の社会に当てはめてもまったく同じと思われる反応がサケに起るときにはすかさず擬人化をやっている。そのために、もちろん著者の博識と感性の豊かさのせいもあるけれども、きわめてリアリスティックなファクト・ストーリー、事物の問題でありながら、ポエジーを失わない、すぐれた作品になっている。ほめるより手はないね、これは。（略）

向井　『鮭サラの一生』とはかなりおもむきが違うけれど、開高健推薦のナチュラリスト文学でもう一冊、スターリング・ノースの『はるかなるわがラスカル』（亀山龍樹訳・角川文庫）というのがあったな。

開高　これは楽しい動物記やね。アメリカのアライグマの話。ノースがアライグマのラスカルといっしょに暮した少年時代の一時期のことを回想風に書いた本だけれども、これもじつにいい文章でね。ウィスコンシンの森の匂い、苔の匂いがただようてくる。この匂いは稀釈されとらんで（笑）。書斎のなかでかがんだり背を伸ばしたりしている人は、たまにこういう本を読むべきやと思うね

■ヘンリー・ウィリアムスン『鮭サラの一生』
■スターリング・ノース『はるかなるわがラスカル』
■アンリ・ファーブル『昆虫記』

（笑）。（略）

向井　これは動物記ではあるけれども、同時に人間観察記でもあって、主人公の少年は、父親と二人で気ままに暮しているところへ闖入してきてあれこれお節介をやく姉や、アライグマを敵視するラビや、登場する人物をアライグマを見るのと同じ目で観察している。

開高　そうなの。こういう観察はなかなかの精神力と素養と覚悟が要る。みんな口先では人間も鳥獣虫魚の一匹にすぎないとはいうんだけれども、たしかにそうだと感じさせるように書くというのは、これは大事業ですよ。（略）

開高　さて、いよいよファーブルへいこう。その前に、前説として述べておきたいことがあるの。

谷沢　うかがいましょう（笑）。

開高　人間は三十五歳以後になると、自然について書かれたものを読みたくなる。熟読玩味したくなる。あるいは、自分自身が自然のなかへ出かけて行って、はじき返されることも覚悟のうえでそのなかに溶け込みたくなる、とにかく野外に出て行って自然と接触したくなる。個人差はあると思うけれども、概して言うと三十五歳以後にそういう気持が起きてくる。思うに、人事における森羅万象に辛き目にあわされたり、自分の限界が目に見えてきたり、酸い甘い鹹《しおから》いにふりまわされて朦朧となってきたときに登場してくる救いが自然なのやね。ファーブルの『昆虫記』は、そういう、人間社会にもまれて辛酸を重ねてまた自然にもどりたくなった大人が読んで、はじめてほんとうのおもしろさがわかる本ではあるまいかという気がするのよ。『昆虫記』は岩波文庫（山田吉彦、林達夫共訳）で二十冊にもなる大部なものだけれど、これを山田吉彦こと、きだみのるが子どものためにリライトして書きおろした二冊本を岩波少年文庫から出している。建前は子ども向きではあるが、これも三十五歳以後になって読んで、はじめてその良さがわかってくる本ではないか。子どもはいま目の前を這っているカブトムシや目の前を泳いでいるニジマスにスーッと同化する、そういう自然との接触の仕方をするものだけれど、その時期にファーブルを読んではたしておもしろいかどうか。少なくとも、興味の持ち方が大人と

まったく違うのじゃないかと思われる。

向井　子どもには『はるかなるわがラスカル』のようなもののほうが納得できるのかも知れないね。この山田吉彦がやったような『昆虫記』の縮約本はヨーロッパなどにも例があるんだろうか。

開高　よく知らんけれど、ないのじゃないかな。

向井　ないとすると、これはすばらしい功績だな。ファーブルをこういう形で読めるというのは日本人だけに許された特権かも知れん。（略）「（きだみのるは）透明、柔軟な、凛然とした文章を駆使して少年たちのために現実を観察することの重要さ、注視の精神の緻密さ、無数の事実から一定の結論を導きだすまでに注意深い論理的な思考の操作をしなければならないことを説いている」。りっぱなもんです。岩波少年文庫はこれを帯に刷り込むべきだったよ（笑）。

開高　きだみのるは『道徳を否む者』（新潮社・昭30）やなんかのエッセイで、自分が幼年期から青年期にかけて与えられた最大の教訓のひとつは疑うことを知れということだったと繰り返し書いているのだけれども、それと同じ文体で、子どもに対しても、疑うことを知りなさい、ファーブルがそれを教えてくれるということを言ってるわけだ。子ども向きに書き直すからといって、子どもに妥協していない。この態度、敬服のほかないね。（略）

谷沢　（略）それから、きだみのるの縮約版とは少し方針が違うのだけれども、平野威馬雄が昭和十七年に『ファブルの言葉』（新潮社）という抜粋集を出している。たしか、これが出た当時に読んで、ありがたい本だと喜んだおぼえがある。

開高　それはどういうものや。

谷沢　一種の格言集。

開高　なるほどな。ファーブルは格言の宝庫だからな。バイブルと同じくらいの。（略）

向井　（略）さっき開高が言ったことだが、人事を自然に反映させて自然を解釈するという、ナチュラリスト文学のおちいりやすい陥穽、ファーブルはそれにほとんど無縁だったでしょう。というより、それをいちばん警戒していた。そこから、当時脚光を浴びていたダーウィンの進化論に対する異議申し立てが出てくるのね。ダーウィンは『昆虫記』が全部完成するまで生きていなかったんだけれど、最初の第一巻かな、それを読んでギクッとしたにちがいない。ファーブルに手紙を出して観察と実験の報告を求めたりしている。

谷沢　二人で何回か手紙のやりとりをしているね。

向井　ファーブルは虫の生態を観察した結果と照らし合わせて、進化論はうなずけないとはっきり言い切っている。（略）

谷沢　（略）こんど読み返してみてほんとによかった。じつは今ごろ気づくなんてどうかしてるんだが、ファーブルが『昆虫記』を書いたのも五十過ぎてからなんだな。もう少し若いころからえんえんと書き続けておったものと、なんとなしに思い込んでいたんだが、それが読み返してみたら違うのね。最晩年になってまとめて書いている。

向井　そうね。生まれたのが一八二三年、『昆虫記』の執筆をはじめたのが一八七九年だから、五十六歳ごろ。ついでに言うと、全巻完成は一九〇九年、八十六歳。死んだのは一九一五年だけれど、その前の年、九十歳の高齢で決定版『昆虫記』にちゃんとした序文を書いている。岩波文庫版の一冊目に載っけてあるのがそれだね。

谷沢　だから、『昆虫記』を考える場合、ファーブルがこれを書いた年齢というのを絶対念頭に置かないといけない。つまり、開高の言を借りて言えば、読者がそうであるように、著者ファーブル自身が辛酸を経た大人だったということをね。

開高　諸君、まだ道は残っているらしいぞ（笑）。

野に遺賢　市に大隠　知られざる傑作

開高　最後はミセラニアスでいきましょう。

向井　ミセラニアス？

開高　種々雑多なもの。規定のしようのないもので優秀なもの。

向井　そうか、ミセラーネのことか。

開高　ミセラーネ？

向井　種々雑多なもの。規定のしようのないもので優秀なもの。フランス語だとそういうの（笑）。フランス文学史にもそういう項目があってな。

谷沢　便利だな、そういう項目があると。それではフランス文学史に敬意を表して（笑）、篠沢秀夫の『篠沢フランス文学講義』（全二冊。大修館書店・昭54〜昭55）からはじめようじゃないの。

開高　この本には脱帽したものな。ここは向井にしゃべってもらおう。

向井　フランス文学史に限らんけれど、今まで文学史なんていうのはふつうの読書の対象にはめったにならなかったのね。（略）つまり、学生が勉強のために読む、蒼枯にして荘重な学術書だったのだけれど、篠沢秀夫のこの本はそういう定型をガラッと引っくり返した画期的な文学史だね。なにしろおもしろい。読みだしたら止まらない。（略）

谷沢　このフランス文学史はおよそ四百年をカヴァーしているのかな。

向井　うん。最初がジョアシャン・デュ・ベレーの『フランス語の擁護と顕彰』、ちょうど十六世紀の中ごろだから。

谷沢　日本でいうと室町時代末期のころから現代までカヴァーしたに等しいわけね。文学史というのは、それくらいの長さでやらないとほんとうはだめでしょうな。

向井　わかっていても、なかなかそれがやれんという学界内の規制のようなのがあるんじゃないのかな。

（略）

開高　なるほど。

向井　篠沢秀夫はそういう暗黙の規制からぬけ出して、たった一人で、まず全時代のフランス文学総覧をつくって、全部の作家、作品の品定めをやったわけ。『立体・フランス文学』（朝日出版社・昭45。のち、『フランス文学案内』と改題）というのがそれだね。ていねいにつくられたいい本で、フランスにもこれだけのものはないんじゃないかな。見かけは参考書風だけれど、日本の仏文学界のセクショリズムに対する抵抗がバネになっていて、力がこもってます。そういう基礎のうえにできたのが、この『篠沢フランス文学講義』なんだな。

開高　そうだったのか。読みごたえがするわけや。これを読んでいてな、私が歳をとって、もう何も書けなく

■篠沢秀夫『篠沢フランス文学講義』
■井沢実『スペイン語入門』
■殿山泰司『日本女地図』
■ホルヘ・ルイス・ボルヘス『幻獣辞典』

なり、何もできなくなった場合、もしもこの人の講義がまだ続いているならば、教室へ行って聴きたいという気が起きたな。

谷沢　最高のほめ言葉やね（笑）。

開高　楽しかろうと思うな。この調子でずっと続けていただきたいね。

（略）

開高　（略）中公新書『スペイン語入門』。著者の井沢実という人はもうなくなられた人だけれど、もと老練の外交官で、引退したあとこの本をお書きになった。これは含み味、隠し味がじつに豊富で、庖丁の切れ味も鋭く、洒脱でユーモラス、ゼニもかけ時間もかけたいい本で、もういうことなし。ただひとつだけ欠陥があるの。おもしろすぎて語学の勉強ができない（笑）。英語のポルノ小説で英語を勉強するのにちょっと似てるな。これは私の私的体験だけれどね、英語のポルノで語学勉強をやったらどうなるかというと、想像力がやたら鋭くなって字引を引くのが面倒くさくなり、読んでいるあいだはノンノン、ズイズイいくんだが頭に残らない。記憶力の養成にはあまりならんのね。だから、みっちりおぼえるためなら別のやり方を考えなければならない。まあ、そんな具合で、おもしろさということでは、日本の語学教科書のなかではこの『スペイン語入門』が群を抜いているな。なかなかすばらしい本です。

（略）

向井　一口におもしろいと言ってもいろいろあるんだが、こんどは正真正銘おもしろうて、涙を流して笑いころげるという本へいこう。殿山泰司の『日本女地図』（光文社カッパブックス・昭44）。

開高　ついに登場したか、殿山泰司が。私は役者としての殿山泰司のひそかなファンなのだけれども、旦那の至芸にはじめて目を見張ったのは、パリで「裸の島」という映画を見たときだった。

向井　新藤兼人の監督した映画ね。役者は殿山泰司と乙羽信子の二人っきり。

開高　（略）このビリケン頭の旦那が昭和三十年代の終りごろから文藝春秋の「漫画読本」に「三文役者の無責任放談」か、そういう題で連載をはじめたんだが、これが彼の文章の世に出た最初のものじゃないかな。

この文章がまたいいのよ。美は乱調にありと言わんばかりの当世まれな破格乱調、でたらめでいながら、おのずから秩序があり、衝くべき点はちゃんと衝いている。あれはほんもののナンセンス文学やね。ナンセンスというセンスが書けるのは日本ではたった一人、この旦那だけではないかと思うたな。インテリの最高の解毒剤でもあった。

向井　あのころ、この人の文体にちょっと打たれてな。独得の八方破れでさんざん人を笑わせておいて、読んだあとでなにかさびしい気持にさせるのよ。根は抒情派なんだな、この人は。それで、この人の文体こそ含羞の文体というものだろうと、ひそかに思ったことがあるんだけれども。

開高　きみも抒情派やからな。琴線が触れ合うたわけや（笑）。そういう彼の文体が最高に成熟した段階で書かれたのがこの『日本女地図』。これは北海道から沖縄まで、それぞれの都道府県の食べものや気候風土が日本の女のあそこにいかなる影響を与えたかということを、たとえば北海道の女は牛乳やバターをよく食べるから必然的にボインボインで、おつゆがたっぷりで、毛が太いとか、山梨の女はブドウを年中食ってるからあそこの味がとても甘ったるいのだとか、そんなアホなことを綿々と破格の文章でお書きになったものやね（笑）。そして、その間に詩人のごとき真実のひらめきを見せるというところが殿山泰司の美徳なんだな。

（略）

向井　世に埋もれた傑作というのはまだほかにもいくつもあって、話しはじめるとキリがないんだが、あと一冊、開高の推薦本で、ホルヘ・ルイス・ボルヘスの『幻獣辞典』（柳瀬尚紀訳・晶文社・昭49）、これに少し触れておこうか。

開高　これは私の枕頭の書で、いつも手元に置いてある。文学愛好家の精神の行方を追っていくと、読書三万巻、ついに何ものも求めなくなり、白紙の状態を理想とするに至るということがあるんだけれども、ボルヘス先生も一生かけて本を読みまくり、何もかもわかりまくった果てに、いちばんプリミティヴな本を書いた。それがこの『幻獣辞典』という本。これはありとあらゆる精神、感受性、文体、そういうものに飽きつくしたのちにくる、ご馳走のあとのおつまみ一口というような本であって、古今東西の文学作品にあらわれた幻の獣、龍だとかニンフだとかスフィンクスだとか一角獣だとか、そういった獣の話を全部で百二十篇、原文から引用して、それを集積しただけのものです。それぞれのあいだに脈絡がない。どこから読んでもいい。それと実用性がまったくない。全部無駄な知識。こういうものを読む喜びを、ボルヘスは「けだるい喜び」と呼んでいるのだけれど、まことにその通りであってね。前後を考えずに読めるから、旅先へ持っていくのにいちばんいいな。(略)

向井　(略)それにしても、ボルヘスの博識にはあきれるな。日本の八岐大蛇や中国の『大平広記』の怪獣まで出てくる。この本じゃないけれど、吉良上野介を扱ったものもあったでしょ。

開高　『悪党列伝』(晶文社・昭51)やな。ボルヘスはアルゼンチンの大牧場主のせがれで、父親がまたものすごい蔵書家。それで、幼少のころからその蔵書をむさぼり読んで育ったという。

向井　ことに古伝説やなんかに特別な愛着をもっていたようだね。ほかにも奇怪な伝説を素材にしたのが二冊ばかりあったな。

谷沢　『伝奇集』(集英社・昭43)と、『ボルヘス怪奇譚集』(晶文社・昭51)。『不死の人』(白水社・昭43)などの小説集でも伝説を題材にしたのが多いね。

向井　小説はマルグリット・ユルスナールの短篇にちょっと似てるかな。ただ、ボルヘスの場合は題材だけじゃなくて、文体にも古代的な簡潔さと雄勁さがあって。

開高　ありますな。それでいて、プルースト、ジョイスを通過した時代の作家だということがありありと感じられるのよ。小説は別として、この『幻獣辞典』はことさらに大きな声で議論しなければならない本じゃないのだけれど、こういう本は絶対に一冊はあってほしいな。

ダンヒルのライターと お気に入りのパイプ

上／いつごろからか、何となくコレクションされたダンヒルのライター。茅ヶ崎の書斎に置かれていた。右／多いときには60本近くのパイプがあった。そのなかで愛用していたパイプの一つが、ダンヒルの「オーサー（著作家）」。本人の言葉を借りると、「木の切株みたいにそっけないデザインだが、ボウルの底が平たくなっているので、火を入れたまま机にたてておくことができる」（『生物としての静物』より）という。

『名著ゼミナール今夜も眠れない』から厳選30冊！

「月刊カドカワ」一九八四年二月号〜一九八五年五月号で八回にわたり掲載された『名著ゼミナール』より、三十冊を厳選。開高のコメントをピックアップして紹介する。

「性欲、食欲と匹敵する想像の欲求を完全に満たしてくれる本、眠るのも惜しい、オシッコに行くのも惜しい、そういう本を巻にあふれる本のなかから厳選し、テキストとして、人間を語り、人生を語り、自然を語り、文学を語ろうというのが、当ゼミナールの趣旨である」

1

『ジャッカルの日』

フレデリック・フォーサイス著　篠原 慎訳
角川文庫　1979年

「これはプロ中のプロの芸だ。というのは、ドゴールは一九七〇年十一月八日、ベッドの上で死んでるわけ。暗殺は君の言ったように何度も試みられたけれども、いつもすり抜けた。だからドゴール暗殺をテーマにしているんだと聞いただけで、結末は初めから割れているわけや。にもかかわらず、これだけ読ませる、これはプロっていうもんです」

2

『元首の謀叛 上下』

中村正軌著　文春文庫　1983年

東西ドイツ国境線の大爆発ではじまる国際政治小説。背後には、世界大戦を起こさずにヨーロッパ地図を塗りかえるというソ連の野望があった——。

「国際政局の最先端が、小型野獣の天国になっている、このパラドックス。これを、この小説はちゃんと書いている。シカの目が赤外線レンズを通して赤く光る。鳥の目が光る。この冒頭シーンは感心したね」

3

『スパイになりたかったスパイ』

ジョージ・ミケシュ著　倉谷直臣訳
講談社文庫　1979年

「原題が『退屈で死んだスパイ』というのだから人を食ってる。ブレジネフや、コスイギンや、ポトゴヌイが実名で登場するが、純然たるフィクションである。スパイ小説には相違ないがスウィフトやゴーゴリの正嫡の末裔と呼びたくなる風刺小説でもある。（略）料理が何がしか不可欠の役を負って登場するのは当然といえば当然だが、ホッと一息つかせてもらえるのはありがたい」

4

『白い国籍のスパイ 上下』

J・M・ジンメル著　中西和雄訳　祥伝社　1981年

「この主人公はその場その場、自分ですばらしい料理を作って魔手をすりぬけていく。大変面白い着想で、まだこんな手が残っていたのかとこれには虚をつかれた。（略）これは『赤いオーケストラ』（第二次大戦中、欧州で暗躍したソ連スパイ組織について描いた小説）にちょっと書かれている実在の人物をモデルにしているらしい」

5

『秘密諜報員 アルフォンスを捜せ』

ホストヴスキー著　岡田真吉訳
角川文庫　1966年

「初めから終りまで迷路なんだ。出口なしなんだ。誰が何の役をしてるのかさっぱり分からない。（略）こんな本読んだらほんとに眠られへん。ホストヴスキーはチェコ出身の人で、アメリカに亡命して十数冊の本を書いている人だけれども、彼はやっぱりカフカを生んだ気質を持っていたのかもしれない」

6

『アシェンデン 英国秘密諜報員の手記 Ⅰ、Ⅱ（モーム短篇集Ⅴ、Ⅵ）』

サマセット・モーム著　河野一郎訳　新潮文庫　1963年

「おそろしく古風なスパイ小説だけれども、かつてナチスの宣伝相であったゲッペルスが、英国人がいかに狡猾で陰謀にたけているかは、この『アシェンデン』に如実に示されていると言ったというけれど、これなんかは再読に耐えるスパイ小説だね。これとかグレアム・グリーンの『密使』とか『ハバナの男』とかは」

7

『コン・ティキ号探検記』

ヘイエルダール著　水口志計夫訳　筑摩書房　1969年

「この本と著者を尊敬するあまり、ノルウェーのオスロにコン・ティキ・ミュージアムというのがあって、コン・ティキ号が保管されているというので、私は筏を見るためにわざわざオスロまで行ったんや。（略）これはもうわれわれが想像するより小さい。小屋も小さい。小さなもんですよ。ノルウェー魂に私はもう深く敬礼をしましたね。立派なもんです」

8

『ハームレス・ピープル 原始に生きるブッシュマン』

E・M・トーマス著　荒井喬・辻井忠男訳　海鳴社　1977年

カラハリ砂漠の厳しさやブッシュマンの魅力を伝えるドキュメント。「今はやらないけれど、非常にアーティスティックな壁画を多く残している。それなのに狩猟採取、移動のこの生活でしょ。アブストラクトなまでの窮乏生活を甘んじて受け入れ、人生とはこんなもんだと思い、それで暮らしている人々なんだな」

9

『ナパニユマ アマゾン原住民と暮らした女 上下』

エレナ・ヴァレロ著　竹下孝哉・金丸美南子訳
早川書房　1984年

「ジャングルと文明社会、両方の悪の間に挟まって立ち往生して、呆然としていらっしゃるというのが、どうやら最終的なこの人の生涯のように見えるんだが……。このインディオは、のべつ争い続けていて、ブッシュマンの『ハームレス・ピープル』を読んだあとで読むと、まったく両極端を見せられる思いがして、いったいどっちが人類の本質なのか」

10

『パパラギ はじめて文明を見た南海の酋長ツイアビの演説集』

ツイアビ著　岡崎照男訳　立風書房　1982年

「一言一言全部当てはまり、かつ、たどたどしい雄弁というべきものがある。靴のことを革で作った小さなカヌーなどと呼んだりして。面白い。鋭い。的確である。ただし、ほんとうにこの酋長の言葉なのか、それとも白人が手伝って書いているのか、分からないぐらい深く抉り立てている。その点に疑念があるだけで、あとは全部、言々句々宝石であり、真珠である」

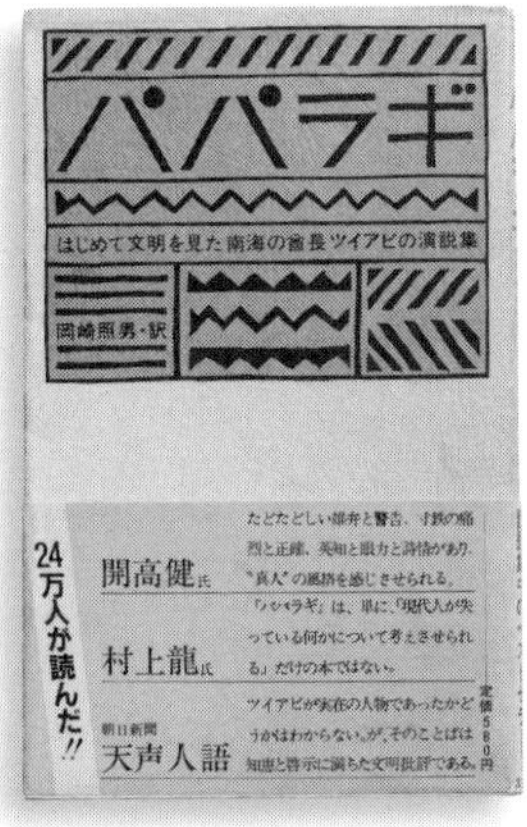

11

『舌鼓ところどころ』

吉田健一　中公文庫　1980年

「『饗宴』というのがある。水も飲めないような病気になり、腹が減っているのが感じられるくらいまで治って来て、（略）猛烈な空腹にさいなまれ、ベッドの中で転々煩悶する、その対策を空想して、（略）新橋の小川軒でオックス・テイルのソースを掛けたチキンカツ二人前（略）を食べてと、一々当時の店の名前をあげて、とめどなく書いてある。これは面白かった」

12

『最後の晩餐』

開高健　文春文庫　1982年

「辻静雄さんと『吉兆』で話していて、（略）天上的ご馳走というのは、食べれば食べるほど、いよいよ食べられるというものがそれではないか。

そういうメニューは出来ないものか、と言ったら、ある。試した奴が何人もいる。歴史上の、そのメニューも残っている。（略）彼は半年かかってメニューを作って、それでやりました」（『最後の晩餐』「王様の食事」）に掲載）

13

『象牙の箸』

邱永漢　中公文庫　1975年

「中国人の基本的な考え方の一つは医食同源というやつで、薬と食事は同じなんだ。だから薬として使う漢方薬は、料理にもふんだんに使われています。中国料理の病人食というのは広大です。あの豊饒さはとっても西洋料理にはない。根本的な考え方の違いやね。もう一つは、すべての薬は毒であるという考え方。毒で毒を制するんだという考え方や」

14

『食生活を探検する』

石毛直道　文春文庫　1980年

アフリカや南太平洋の島での調査における食生活を手がかりに人間と文化を記録した本。「友だちへのプレゼントにする『人間の姿焼き』というのがあるんやな。生きてる人間のようにカツラまで付けて盛りつけて贈る。『人の肉のようにやわらかい』というのが料理への最大の賛辞だっていうんだからすごいよ」（フィジーの食人嗜好についてのコメント）

15

『反乱するメキシコ』

ジョン・リード著　野田隆・野村達朗・草間秀三郎訳
筑摩書房　1982年

「この本を読んで面白いのはメキシコ気質だね。縦横無尽に、出鱈目、情熱的、気紛れ、陽気。そして死をも顧みないで突進する天晴さ、豪胆さ、それとこすっからさ。いろんな要素が綯交《ないま》ぜになって、砂漠の夕日とサボテンの中で輝いているわけで、読んでいると凄惨なのにほのぼのとなってくる」

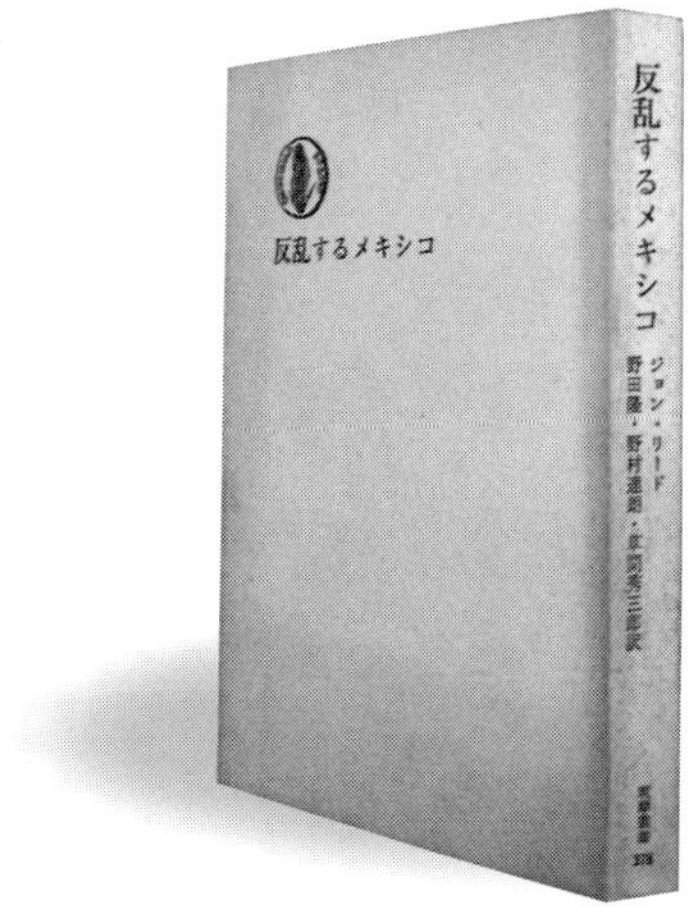

16

『黒い夜 白い雪 ロシア革命1905―1917年 上下』

ハリソン・E・ソールズベリー著　後藤洋一訳
時事通信社　1983年

「西欧文明だよね。それに対する身も焦げるような憧れと同時に、この深遠、底なき疑い。この二つが矛盾しながら存在するわけ。イワン雷帝、ピョートル大帝、レーニン以後もみな同じです。すべて理想というものは、（略）正義の神と復讐の神と二つの顔を盾の両面に持っているのであるかもしれないが、なにせ広大だもんで、やることがどぎつくてえげつない」

17

『源氏物語 付現代語訳』

全10冊　紫式部著　玉上琢彌訳注　角川文庫
1964〜1975年／全5冊　紫式部著　円地文子訳
新潮文庫　1980年

「多くの女の中に一人の女を求めてさまようのをドンファンという。多くの女に多くの女を求めてさまよい歩くのをカサノヴァという。光源氏はカサノヴァなのか、ドンファンなのか。（略）光源氏という、のべつ女にもてる男というものをつくって、行動させて、社会の上から下、右から左を縦断させていく優雅極まるロマンピカレスクの一つであるわけだ」

18

『チャタレイ夫人の恋人』

D・H・ロレンス著　飯島淳秀訳　角川文庫　1958年

「倨傲なるこの抜け殻からセックスを媒介にして脱して、人は生の飛躍をせよ、とロレンスは言っているらしい。（略）ところが解放されたはずのセックスに対して、ロレンスは破壊に熱中するあまり、あまりに多くのタブーをセックスに対して与えたんじゃないか。（略）一体ロレンスは解放者なのか、抑圧者なのか」

19

『タイム・マシン』

H・G・ウエルズ著　宇野利泰訳
ハヤカワ文庫　1978年

タイム・マシンに乗って八〇万年後の世界へ飛ぶ。「無気力族は地上で暮らし、野蛮族は地面の底で暮らしていて、生命力旺盛な野蛮人は数が増え反乱を起こして無気力族を食う、とこういう話やね。（略）宇宙を舞台に書いている『三国志』、『ローマ帝国史』ということになる。つまり、それはクリエイトではなくてアナロジーである。類比である」

20

『海底二万里』

ジュール・ヴェルヌ著　荒川浩充訳
創元推理文庫　1977年

「出来上がったものを見てみると、やっぱりペシミズムの息子だな。しかし今回、これをチャンスに『海底二万里』を読みかけて、昔、少年時代夏休みにまだ私が不幸というものをこの世に知らなかった時代、ジュール・ヴェルヌなんかを読みあさりましたが、そのかつての日々を想い出して愉しかったな、これは」

21

『山椒魚戦争』

カレル・チャペック著　樹下 節訳　角川文庫　1966年

「ユーモアが生き生きして、諷刺がピリピリしている。だから面白いんです。人類社会の行く末は、全体主義が勝利を占めるんじゃないかないかという恐怖を書いてあるわけです、文明論的にいえば。

ヒトラー体制とか、スターリン体制とか、毛沢東体制とか、かつて行なわれ、いまも行なわれつつある全体主義社会というものを垣間見させてくれるわけですな」

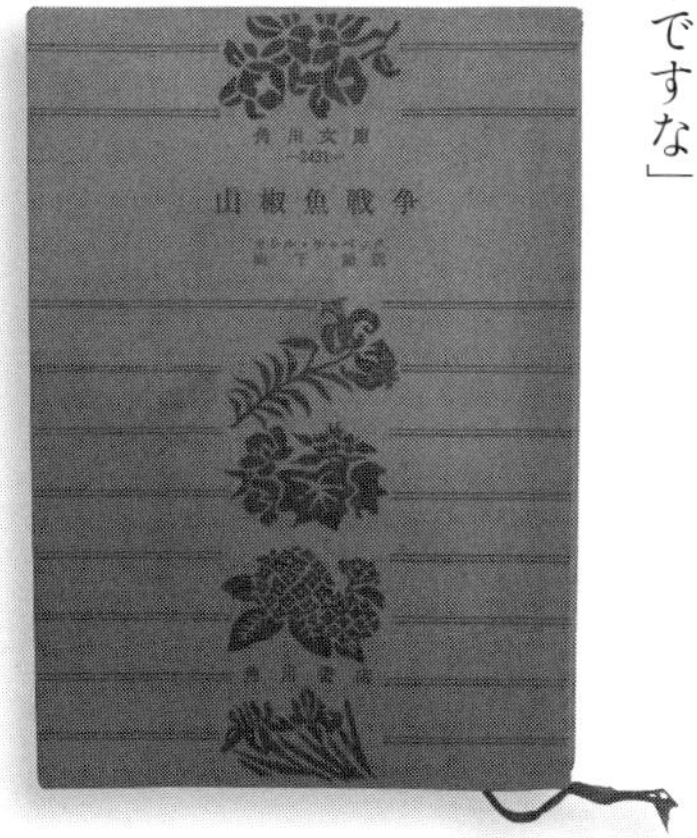

22

『継ぐのは誰か？』

小松左京　角川文庫　1977年

「初めは、彼が純文学を書きあぐねて、それがにわかに着想と文体を発見してSFをやり出した、という感じがあって、一瀉千里、書きに書いた。短篇小説は瞬間の人生だという言葉があるんだけれども、美文調あり、荘厳体あり、随筆調あり、SF調あり、ありとあらゆる発想と文体で書きまくっていてね。あの頃は面白かった。味がありました」

23

『ミクロの決死圏』

アイザック・アシモフ著　高橋泰邦訳
ハヤカワSF文庫　1971年

「これは原作もいいけど映画がよかった。映画狂のことをシネディクトという。私はそのシネディクトの一人だけど『二〇〇一年宇宙の旅』よりも、もっとよかった。（略）SF映画の最高の作やな。しかし御大アシモフがいいこと言ってるぜ。『大衆がSF映画を見に行くのは何か。九〇パーセントの破壊場面を見るためだ』。うまいこと言ってる」

24

『一九八四年』

ジョージ・オーウェル著　新庄哲夫訳
ハヤカワ文庫　1972年

「『一九八四年』は偉大なる失敗作。そして絶対必要な作品。その必要さは毒薬がわれわれにとって必要であるように必要な作品。成功作は『動物農場』。心して読め。左翼革命、宗教革命、右翼革命を問わず一切に革命に登場する人物と役割を全部描いている。（略）プルーストとジョイスを通過した二十世紀文壇に、よくもこういう先祖帰りの原始的なおとぎ話を大胆に書けたものだ」

25

『大帝ピョートル』

アンリ・トロワイヤ著　工藤庸子訳
中央公論社　1981年

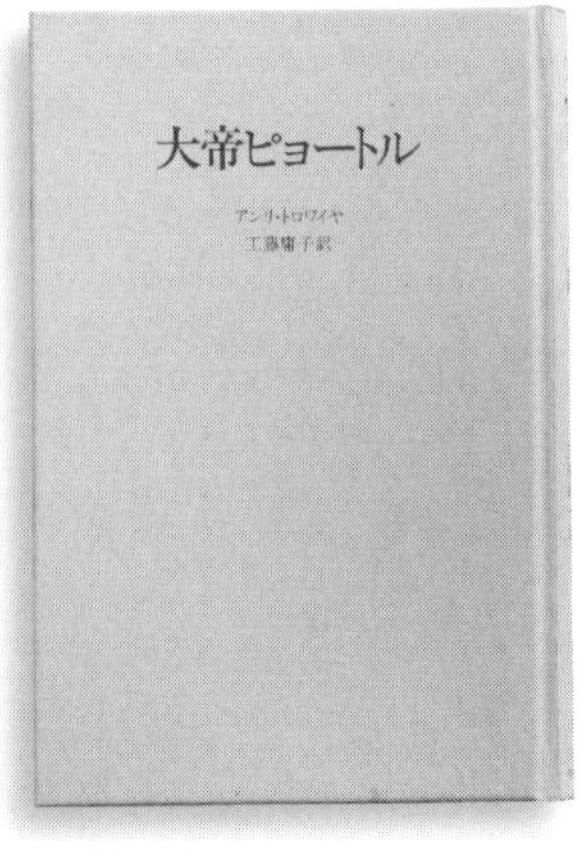

「ピョートル大帝の頭、脳みその半分をかき立ててやまなかったのは、近代化でしょう。近代化ということはヨーロッパに追いつけ追い越せですよ。それと同時に彼はまたロシア的なるものに無限にひたり込んで愛していく。これはロシアの知識人、指導者すべてに言えることだろうと思う。西に憧れつつ、かつ同時に恐れている。（略）いまだって同じじゃないですか」

26

『完訳 釣魚大全』

アイザック・ウォルトン著　森秀人訳

角川書店　1974年

「三百年前に（略）書かれた釣り師のバイブルやな。釣りの楽しみと人生の快楽を教えている、楽しい本なの。（略）ホワイは分からないが、ハウは分かる。だいたい釣りは全体にそういうことがいえるんで、もっと押し広めれば、人生すべてそれや。『いかにして』は分かるけど、『なぜか』は分からない。実存主義みたいなもんですな」

27

『シートン動物記 上下』

シートン著　小林清之介訳

旺文社文庫　1967-1968年

「ド根性物語の動物版という感じやね。（略）小ネズミから大グマに至るまで、ことごとく孤独ながんばり屋ばかりで、生き抜き耐え抜き、最後に壮烈な死を遂げていきます。（略）シートンの場合は固苦しく動物文学ととらないほうがいい。（略）読んで爽快であり、励まされる、それでいいわけや。男のルーツを書いているんだから」

28

『野性の呼び声』

ジャック・ロンドン著　大石真訳　新潮文庫　1959年

飼い犬のバックは、ある日盗み出されてアラスカの氷原に売られていった。橇犬としての苛酷な日々が、（略）野性をめざめさせていく――「これはアメリカの伝説、アメリカ人の心の神話なの。

偉大なる逃亡者を描くのがアメリカ文学。（略）シートン、ロンドンは特にそれをはっきりと打ち出している。しかも、子供から大人にまでわかる形で打ち出している」

29

『ティキシィ』

C・W・ニコル著　松田銑・藁科れい訳
角川書店　1979年

ティキシィはイヌイット（エスキモー）の老人の教えどおりにアザラシを猟り、魚を獲る。そして大自然の中で自然そのものへと変身していった。（略）白人の書いたものとしては珍しく、魂のトランサンダンス、交歓、交霊、SFでは念力とか言ってますけども、それが非常に単純に、かつ深く書かれている。これはなかなかの作品です」

30

『ソロモンの指環　動物行動学入門』

コンラート・ローレンツ著　日高敏隆訳
早川書房　1963年

動物が巻き起こす大騒動、それに巻き込まれ右往左往する人間たち。これを動物学者の目で観察し、ユーモラスにまとめたのがこの本――「ほのぼのとする本や。（略）昔の動物学だと、人間は過ちを犯すがアリは過ちを犯さない、という定言があったわけだけど、自然はまた過ちに満ち満ちているんだよ。鳥獣虫魚、みんなそれぞれに過ちを犯してるよ」

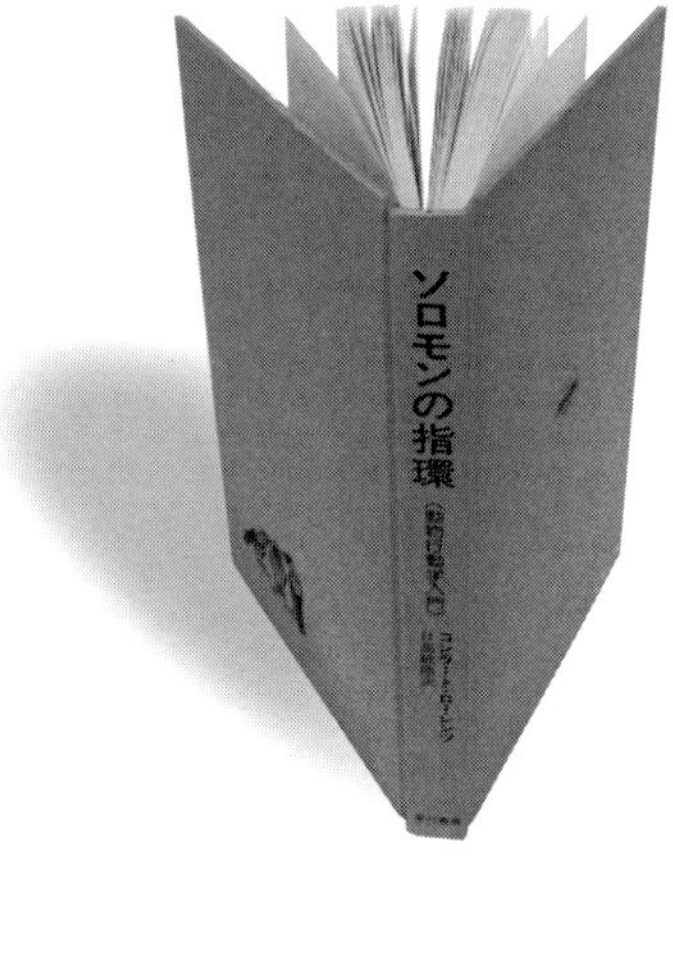

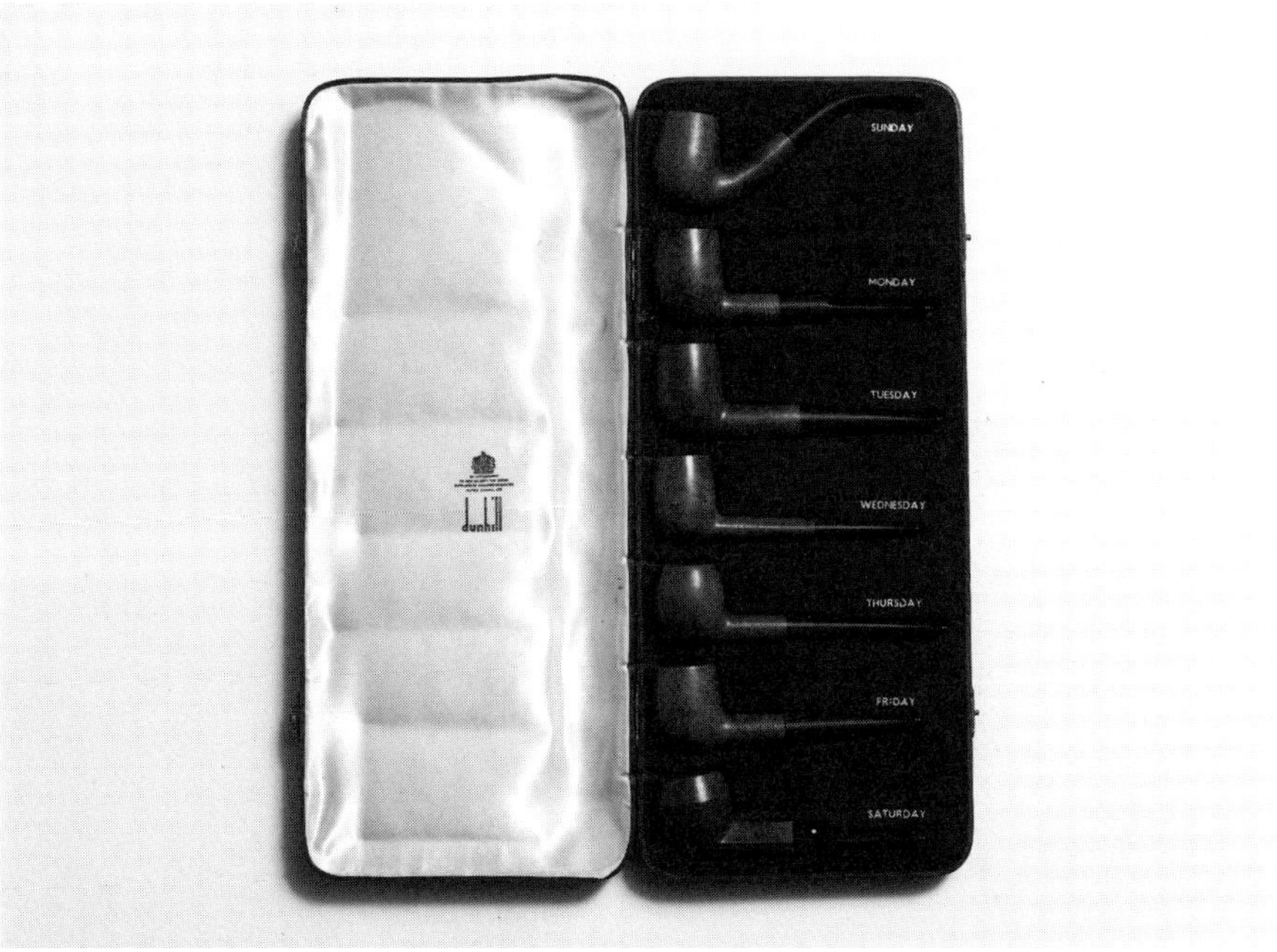

日曜から土曜まで毎日違ったパイプでたのしむという
コンセプトで作られたダンヒル ウィーク・パイプ。

ウィーク・パイプ

昔、ダンヒル社では、〝ウィーク・パイプ〟といって、月曜から日曜まで、七日間、一本ずつデザインの異なるパイプをスウェード革張りのケースにつめて紳士用贈答品として売っていたことがあった。（略）革のケースを手にとって開いてみると、一言もなかった。けなげ、みごと、あっぱれな買物であった。見ていると視線が七本のパイプのそれぞれにしっくりふくよかに吸収されて、チカチカきらきらはじきかえしてくるものがまったくなく、惚れぼれとため息をつくしかなかった。

「七日間ごとの宝物、ウィーク・パイプ」（＊）
『生物としての静物』（集英社　１９８４）

眼を見開け、耳を立てろ　そして、もっと言葉に……

テレビは劇映画かプロレス中継のみ。新聞や雑誌は、自分の書いたものが載っていようといまいと読まない、見ないという生活をつづけて久しくになる。この情報化時代にナニヲバカナコトヲと思われてもよろしいが、これで用は足りるし、約三十年間、世の中が見えなくなる不安を感じたこともなかった。茅ケ崎の家の書斎にたれこめて訪ねてくる編集者、友人、知り合い諸兄姉の言に耳を傾けているだけで、私の情報生活は充分なりたってしまうのである。

それにつけても、同じニューズが話し手によってこうも違った相を帯びるものかと半ばあきれ、半ば感心させられることがしばしばである。情報というものはこの世の中に話し手の数だけ存在するものなのではないかと、深夜にふと呟《つぶや》きたくなる。極端であると知りつつも。

●

ドキュメントとしての写真については他の選考委員の方が書く機会があると思うので、文章に限っていうと、私見ではノン・フィクションもフィクションも最終的には言葉で人に訴えるのだという一点では変るところがない。ノン・フィクションは〝事実〟にそって書き、フィクションはすべてから自由だという大きな違いがあるように見え、事実そこには哲学的な認識論議の巻き起こる余地はあるのだけれど、そうした議論の淵《ふち》に迷い込むよりも、ファクト、イマジネーション、文体、単語の選択行為であるという一点でこの両者は薄皮一枚の差であることを痛切に考え抜いた方がいい。この一点についてハラの底まで言語生活を重視し、狂わんばかりの精度とヴォキャブラリーを動員し、かつ、精溜しようと試みることで、自分の知覚した〝事実〟に応えようとすることだ。

その上であえて言えば、ノン・フィクションも話し手の数だけ存在し得る。まだまだ無数、多彩な方法が手つかずのまま残されている分野だと感じられる。見る眼ひとつ。感じる心ひとつ。「おなじことをするにもいろいろな方法があるというものですよ」というチェホフの何気ない言葉も、そういう意味に読めないだろうか。

●

『アンネの日記』(文春文庫他)
『コン・ティキ号探検記』(筑摩叢書)
『反乱するメキシコ』(筑摩叢書)

まだ無限にあるけれども、ノン・フィクションの傑作として、とりあえずこの三つを推薦《すいせん》したい。もう読んだ人はもう一度。まだ読んでない人はすぐ書店に走って、熟読玩味《がんみ》されたし。そして熟読も玩味も終ったら、それを水煮にする。味の素もコンブもマギーも入れずに、水だけでグツグツ煮る。そのスープを夜ふけに畏怖《いふ》をこめてすすること。まだ残っていたら、ヤカンで煎じて飲むこと。

●

以上三冊を煮たスープをすすってみて、辛かろうと苦かろうと、そこにユーモアの後味が感じとれたなら、キミの舌はなかなかのものと申し上げてよろしい。ノン・フィクションとユーモアに関してあまり言う人が多くないが、自身のささやかな実作体験からしても、この両者は奥深いところで支え合っていると思われるのである。

「現実は、考えることのできる者にとっては喜劇、感じることのできる者にとっては悲劇である」

笑いのない現実というものはあり得ない。いかに悲惨なものにも、見方を変えれば笑いがある。それがあるかないかは、書き手に見る眼、感じる耳があるかないかだけの問題ではないか。『フィガロの結婚』の中でボーマルシェは「泣くが嫌さに笑い候」と言っているけれど、これは何事かを表現しようとする者にとってわきまえておかなくてはならない精神生理である。キミの前に、キミが見たと信じている現実があるとする。その〝見た〟という信念がキミに悲しい歌を歌わせようとするかも知れない。しかし待て。そしてよく眼を開き、よく耳を立ててみたまえ。そこに「泣くが嫌さに笑」っている人間が、いはしまいか。自分をも含めて。

●

かつて某出版社の某重役に頼まれて、編集社員の精神作興のために心得書を書いてみたが、よく考えるとこれはそのままドキュメンタリストにも通ずるものだと思われるので、念のためもう一度これを左に再録する。

国内にあっても国外にあっても、拳々服膺《けんけんふくよう》あらせられたい。

ドキュメンタリスト・マグナカルタ九章

一　読め
二　耳を立てろ
三　眼をひらいたままで眠れ
四　右足で一歩一歩歩きつつ左足で跳べ
五　トラブルを歓迎しろ
六　遊べ
七　飲め
八　抱け、抱かれろ
九　森羅万象に多情多恨たれ
補遺一つ　女に泣かされろ

（『オールウェイズ〈上〉』角川書店　１９９０）

開高健◆年譜

1930（昭和5）年
12月30日◆大阪市天王寺区東平野町1丁目13番地に生まれる。父正義、母文子の長男。父は大阪市立鷺洲第3小学校訓導。

1937（昭和12）年……7歳
4月◆大阪市立東平野小学校に入学。
12月◆大阪市住吉区北田辺町に転居。

1943（昭和18）年……13歳
4月◆大阪府立天王寺中学校（現・天王寺高等学校）に入学。
5月◆第2鶴橋国民学校教頭であった父が病死。

1944（昭和19）年……14歳
校舎は兵営に代用され、授業は停止状態となる。八尾飛行場での雑用、火薬庫造営、国鉄龍華操車場の突放作業などの勤労動員にかり出される。

1948（昭和23）年……18歳
4月◆旧制大阪高等学校文科甲類に入学。

1949（昭和24）年……19歳
4月◆学制改革により大阪市立大学法文学部法学科を受験。
6月◆入学。文芸部に入部。

1950（昭和25）年……20歳
1月◆処女作『印象生活』を「市大文芸」に発表。
3月◆同人誌「えんぴつ」に加入。

1951（昭和26）年……21歳
7月◆書き下ろし長編『あかでみあめらんこりあ』を「えんぴつ」解散記念に刊行。
10月◆「文学室」に参加。

1952（昭和27）年……22歳
正月前後住吉区杉本町の牧羊子の家へ移る。
7月◆長女道子誕生。
11月◆「VILLON」に参加。

1953（昭和28）年……23歳
2月◆洋書輸入商北尾書店に入社。
3月◆牧羊子との婚姻届出。
12月◆大阪市立大学法学部法学科を卒業。

1954（昭和29）年……24歳
2月◆壽屋（現・サントリー）に入社、宣伝部員に。

1956（昭和31）年……26歳

4月◈PR誌「洋酒天国」を創刊。編集発行人となる。第22号まで編集長をつとめた。

10月◈東京支店へ転勤、杉並区向井町の壽屋社宅に転居。

1957（昭和32）年……27歳

8月◈『パニック』を「新日本文学」に発表。一躍新人作家として注目される。

10月◈『巨人と玩具』を「文學界」に発表。

12月◈『裸の王様』を「文學界」に発表。

1958（昭和33）年……28歳

2月◈『裸の王様』で第38回芥川賞を受賞。

3月◈『なまけもの』を「文學界」に発表。

5月◈壽屋を退職、嘱託となる。

8月◈杉並区矢頭町40番地（現杉並区井草4－8－14）に転居。

1959（昭和34）年……29歳

4月◈過労が原因で急性肝炎になる。

8月◈『屋根裏の独白』を中央公論社より刊行。

11月◈『日本三文オペラ』を文藝春秋新社より刊行。

1960（昭和35）年……30歳

5～7月◈中国訪問日本文学代表団の一員として中国を訪れ、茅盾・老舎・陳毅・郭沫若・毛沢東・周恩来らと会見。

9～12月◈ルーマニア平和委員会、チェコスロヴァキア作家同盟、ポーランド文化省の招待を受け、それぞれの国に滞在した後、パリを経て帰国。

12月◈『ロビンソンの末裔』を中央公論社より刊行。

1961（昭和36）年……31歳

4月◈『過去と未来の国々』を岩波書店より刊行。

7～9月◈アイヒマン裁判の傍聴にイスラエルへ赴き、アテネ、デルフィ、イスタンブール、パリを経て帰国。

10～翌年1月◈ソビエト作家同盟の招きで、モスクワ、レニングラード、タシュケント、サマルカンドを訪問。エレンブルグと会見。さらに東西ドイツ、パリに滞在、反右翼抗議デモに参加。サルトルと会見。

1962（昭和37）年……32歳

2月◈『片隅の迷路』を毎日新聞社より刊行。

7～8月◈佐治敬三とノルウェー、フィンランド、スウェーデン、デンマーク、西ドイツの各地の醸造所を視察。

10月◈『声の狩人』を岩波書店より刊行。

1963（昭和38）年……33歳

7月◈バリ島で開催されたアジア・アフリカ作家会議執行委員会に出席。

10月◈サントリー嘱託を退職。

10月◈『日本人の遊び場』を朝日新聞社より刊行。

1964（昭和39）年……34歳

5月◈『ずばり東京（上）』、12月『ずばり東京（下）』を朝日新聞社より刊行。

11月◆朝日新聞社臨時海外特派員としてベトナムへ出発。

1965（昭和40）年……35歳

1〜3月◆『南ヴェトナム報告』を「週刊朝日」に連載。

2月14日◆南ベトナム戦地取材のため従軍中、ベトコンに包囲されるが、死地を脱出。24日ベトナムより帰国。

3月◆『ベトナム戦記』を朝日新聞社より刊行。

4月◆衆議院外務委員会で特別参考人としてベトナム問題を説明。

5月◆〝「ベトナムに平和を！」市民文化団体連合〟の日本側集会呼びかけ人となり、「ニューヨーク・タイムズ」にベトナム戦争反対の広告を載せる企画を提案、11月16日に掲載される。

1966（昭和41）年……36歳

10月◆サルトルとボーヴォワールを迎えて「ベトナム戦争と平和の原理」の集会に主催者の一人として出席。

1968（昭和43）年……38歳

4月◆『輝ける闇』を新潮社より刊行し、11月第22回毎日出版文化賞を受賞。

6月◆文藝春秋の臨時特派員として、動乱のパリ視察に出発し、東西ドイツ、サイゴンを経て、10月に帰国。

1969（昭和44）年……39歳

1月◆『青い月曜日』を文藝春秋より刊行。

3月◆『七つの短い小説』を新潮社より刊行。

6月◆『私の釣魚大全』を文藝春秋より刊行。

6〜10月◆朝日新聞社臨時海外特派員として『フィッシュ・オン』の旅に出発し、ビアフラ戦争、中東戦争を視察して帰国。

1970（昭和45）年……40歳

3月◆「人間として」の編集同人となる。

6〜8月◆新潟県北魚沼郡湯之谷村銀山平に籠る。

10月◆『人とこの世界』を河出書房新社より刊行。

1971（昭和46）年……41歳

2月◆『フィッシュ・オン』を朝日新聞社より刊行。

1972（昭和47）年……42歳

3月◆『夏の闇』を新潮社より刊行、文部大臣賞を打診されたが辞退。

3月◆『紙の中の戦争』を文藝春秋より刊行。

1973（昭和48）年……43歳

2月◆「文藝春秋」「週刊朝日」特派員としてベトナムを訪問、第一次和平調印の直後から第二次和平調印まで150日滞在し、6月に帰国。

8月◆『眼ある花々』を中央公論社より刊行。

11月◆『サイゴンの十字架』を文藝春秋より刊行。

1974（昭和49）年……44歳

3月◆『新しい天体』を潮出版社より刊行。

4月◆「四畳半襖の下張」裁判に弁護側証人として出廷。
12月◆茅ヶ崎市東海岸南に書斎をかまえる。

1975(昭和50)年……45歳
9月◆胆石除去の手術を受ける。

1978(昭和53)年……48歳
5月◆『ロマネ・コンティ・一九三五年』を文藝春秋より刊行。
7月◆芥川賞選考委員に加わる。
11月◆『オーパ!』を集英社より刊行。

1979(昭和54)年……49歳
5月◆『最後の晩餐』を文藝春秋より、『歩く影たち』を新潮社より刊行。
6月◆『玉砕ける』で第6回川端康成文学賞を受賞。
7月〜翌年4月◆朝日新聞社とサントリーから派遣され、南北アメリカ大陸縦断旅行。

1981(昭和56)年……51歳
9月◆『もっと遠く!』『もっと広く!』を朝日新聞社より刊行。
11月◆一連のルポルタージュ文学により第29回菊池寛賞を受賞。

1982(昭和57)年……52歳
バック・ペインを病み、水泳教室に通う。
6〜7月◆『オーパ、オーパ!!』の取材に、ベーリング海へオヒョウ釣り旅行。

1983(昭和58)年……53歳
4月◆『オーパ、オーパ!! 海よ、巨大な怪物よ』を集英社より刊行。

1984(昭和59)年……54歳
7月◆アラスカのキーナイ河で60ポンドのキング・サーモンを釣る。イリアムナ湖のロッジに招待され、カリブー(トナカイ)猟に行く。
10月◆『生物としての静物』を集英社より刊行。

1986(昭和61)年……56歳
6月◆宝石の取材のためスリランカへ、
7〜8月◆モンゴルへイトウ釣りに行く。
8月◆『耳の物語』(全2冊)を新潮社より刊行、翌年6月、第19回日本文学大賞を受賞。

1987(昭和62)年……57歳
5月◆再びモンゴルへイトウ釣りに行く。

1988(昭和63)年……58歳
6月◆『一日』を「新潮」に発表。

1989(昭和64・平成元)年……享年58
3月◆食道狭窄で茅ヶ崎市内の病院に入院。間もなく済生会中央病院に転院し、4月手術を受ける。7月末退院。
10月◆『珠玉』第三部を脱稿、翌年文藝春秋より刊行。
12月9日◆食道腫瘍に肺炎を併発し逝く。北鎌倉・円覚寺松嶺院に眠る。

編集あとがき

かつて開高健と仕事を共にし、現在は開高の著作や資料を管理する開高健記念会の元担当編集者たちによると、残されている蔵書は生前の半分にも満たないという。全貌を知ることができないのは残念だが、そもそも開高に本を蒐集することへの執着はなかった。優れた作品の字毒に当てられることを恐れ、読み終えた本は若い人にあげてしまうか、古本屋に売ったとエッセイに書いている。

それでもサルトルの『嘔吐』が版違いで何冊も残されているように、蔵書は開高が興味を抱いた作家や国々について伝えてくれる。

開高健記念文庫および開高健記念館に残されたほとんどの本が、カバーと帯は外された〝裸の本〟だった。本のなかの活字とのみ対峙するため、読み始める前に本の箱やカバーは捨ててしまったそうだ。

本書では、開高のエッセイ、ならびに開高健記念会の方々の証言を元に、愛読書と思われるものを紹介した。開高文学を理解する一助になれば幸いである。

金丸裕子

東條律子（河出書房新社）

＊本書では初収と開高健全集（1991〜1993 新潮社）に収録のものは同全集、各文庫に収録のものは文庫を底本としました。
現在、次の文庫本にも収録されています。

◆乱読、また乱読／サルトル『嘔吐』――一冊の本／私の始めて読んだ文学作品と影響を受けた作家／私と〝サイカク〟／『ガリヴァー旅行記』／眼を見開け、耳を立てろ そして、もっと言葉に……
『開高健の文学論』中公文庫 2010年
◆心はさびしき狩人 『開高健 ベスト・エッセイ』ちくま文庫 2018年
◆続・読む／飲む 『白いページ』光文社文庫 2009年
◆スパイは食いしん坊 『最後の晩餐』光文社文庫 2006年
◆碩学、至芸す 『地球はグラスのふちを回る』新潮文庫 1981年
◆書斎のポ・ト・フ 『書斎のポ・ト・フ』ちくま文庫 2012年

＊本文中、今日からみれば不適切と思われる表現がありますが、書かれた時代背景と作品の価値を鑑み、底本のままとしました。

開高健記念文庫

所在地■東京都杉並区井草4-8-14
開館日時■毎週水曜日・木曜日および毎月第1日曜日・第3日曜日の午後1時〜4時
事前予約制。閲覧申込みは開高健記念会のホームページから

開高は27歳で芥川賞を受賞した後、杉並区井草に家を構え、44歳で茅ヶ崎に移り住むまでの間、ここで家族と暮らした。

開高健記念文庫は、この旧開高宅跡に設けられた“開高健図書室”である。小規模ではあるものの、開高のファンや研究者にとって、開高の著作単行本や関連本・関連雑誌、開高の蔵書の一部などを手に取って見ることができる貴重な施設である。

フィッシングシリーズや当時の開高関連のニュースなど視聴覚資料もあり、また、閉架式書庫は初出雑誌や関連雑誌など貴重な書籍・資料類を収集したアーカイブとなっている。

開高健記念館

所在地■神奈川県茅ヶ崎市東海岸南6-6-64
電話■0467-87-0567
開館日時■毎週金曜日・土曜日・日曜日の週末と祝日の午前10時〜午後4時半

開高は壮年期の44歳の時に茅ヶ崎市の海岸にほど近い地に移り住み、生涯そこを拠点に活動をした。没後の2003年、その邸宅が開高健記念館としてオープンした。書斎は文机もその上に置かれた本類も往時のまま。邸宅には魚類の剝製、愛用の釣り道具、洋酒のコレクションや化石なども残され博物館的趣があり、庭には開高が名付けた「哲学の道」もある。展示コーナーでは、期間を定めてテーマごとに原稿や愛用の品々が陳列され、時代を超えて一層輝きを増す開高文学の足跡をたどることができる。

撮影　栗原論
開高健記念文庫／開高健記念館
写真　P7、P18　開高健記念館提供
P53　桐山隆明
装幀・本文デザイン　大野リサ
編集協力　金丸裕子
協力　開高健記念会
P7、P18の写真の著作権につきましては調査いたしましたが、明らかにできませんでした。お気づきの点はお知らせください。

開高健の本棚

2021年9月20日　初版印刷
2021年9月30日　初版発行

著者　開高健
発行者　小野寺優
発行所　株式会社河出書房新社
〒151-0051　東京都渋谷区千駄ヶ谷2-32-2
03(3404)1201(営業)
03(3404)8611(編集)
https://www.kawade.co.jp/

組版　株式会社キャップス
印刷　凸版印刷株式会社
製本　加藤製本株式会社

Printed in Japan　ISBN978-4-309-02990-0

河出文庫　開高健の本

河出文庫

魚の水《ニョクマム》はおいしい

食と酒エッセイ傑作選

世界を歩き貪欲に食べて飲み、その舌とペンで精緻にデッサンをして本質をあぶり出す。酒食随筆の名手の文章は、今なお新しく深く、おいしく、時にかなしい。

河出文庫

瓶のなかの旅

酒と煙草エッセイ傑作選

焼け跡で飲んだバクダン、ベトナムの戦地で口に含んだウイスキー、珍酒、奇酒から究極の酒ワインまで。開高健が愛してやまない酒と煙草のエッセイを厳選収録。

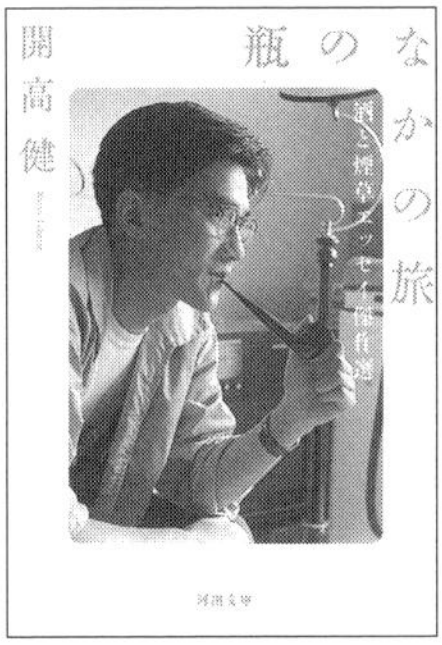